민미량 묵상시집

오직 예수
사랑만이 나의 기쁨

2015

신세림출판사

민미량 묵상시집

오직 예수 사랑만이 나의 기쁨

자서 自序

묵상 시집으로 제1집『축복받는 그 사람』을 2013년에 출판하고
'오직 예수 사랑만이 나의 기쁨'이라는 제2집을 펴내게 되어
먼저 하나님께 영광과 찬양을 올려 드립니다.

우리의 삶속에 오직 믿는 것은 하나님이요
천국 가는 그 시간까지 예수님 사랑으로 살아가기를 원하여
날마다 말씀을 묵상하고 그날의 나의 심기를 바탕으로
몇 자씩 적어둔 글을 책으로 출판하게 되었습니다.

하나님의 축복과 영생을 얻기 위하여
그 축복의 길에서 벗어나지 않으려고
꾸준히 노력하며 살아온 이민 33년째가 됩니다.

어려운 고비마다 하나님께 감사하며 찬양했던 묵상 기도가
이 글을 읽는 모든 사람들 마음속에 하나님의 평안이 함께 하시기를 기도합니다.

지난 30여 년 넘게 저를 위하여 눈물의 기도와 염려 걱정으로 위로해주신 임춘진 권사님, 허훈 교수님, 최정희 권사님께 감사하다는 인사 말씀을 드립니다. 아울러, 열심히 사랑해주고 돌보아준 남편 민경립 교수, 목사님과 한국에 계신 나의 어머니와 형제, 자매들께 감사하다는 말씀을 전해드립니다.

특별히 이 묵상시집을 정성껏 읽어주시고 도움말을 주신 이시환 시인 겸 평론가님과 교정을 보아주신 신세림출판사 이혜숙 사장님께 감사의 말씀을 전합니다.

Carrollton, Texas에서 01월 2015년

민미량 씀

5

묵상으로부터
선지자가 나오고 예언자가 나오는데
-민미량 시인의 묵상시집에 부쳐

이 시 환 (시인/문학평론가)

    민미량 시인의 『오직 예수 사랑만이 나의 기쁨』이라는 두 번째 묵상 시집에는, 약 250여 편에 가까운 아주 많은 묵상시(黙想詩)들이 한데 묶여 있다. 흔히, 묵상시라 함은 어떤 대상에 대하여 곰곰이 생각해보는 과정을 거치면서 이해(理解)·파악(把握)되었던 핵심적인 내용과 그에 따르는 개인적인 생각이나 감정을 적절히 시 문장으로써 기술(記述)·표현(表現)한 것이라고 말한다.

    민미량 시인의 경우, 일정한 시간과 일정한 장소에서 예수교 경전인 '성경'을 읽으며, 그 내용에 대해서 깊이 생각하며 음미하고, 경우에 따라서는 그 내용이 가치 판단의 척도(尺度)가 되어 현실적인 상황을 재단(裁斷)·평가(評價)하면서 우려하기도 하고, 개인적 소원을 간절히 바라기도 하면서, 하나님께 고백하며 용서를 구하고 기도하는 과정에서 개인적인 심정을 솔직하게 드러내 놓고 있다.

이러한 묵상시가 시인 본인에게는 신앙적 성숙을 도모하는 과정에서 나오는 단순한 결과물이라 할 수도 있지만, 이것이 시인의 사유영역을 확대시키고 하나님 세계에 대한 믿음을 더욱 공고히 하게 하는 밑거름이 되어 줄 것으로 믿는다. 뿐만 아니라, 이 시집을 읽는 독자들에게는 성경의 핵심 내용을 정리하여 보여주는 기능이 다분함으로 성경 내용에 대한 이해에도 상당한 도움이 될 것이고, 또한 시인의 근심 걱정과 기쁨이 어디에 있는지, 하나님에 대한 믿음이 어느 정도인지, 그것들이 표출되어 나오는 방법 등에 대해서까지도 나름대로 헤아려 보게 할 것이다.

필자는 예수교·불교·이슬람교 등 현대 3대 종교의 경전들을 탐독한 사람으로서 이들 종교 경전의 문체(文體)가 문학적 수사(修辭)에 크게 의존하고 있다는 사실을 잘 알고 있으며, 특히, 불교 경전에는 수많은 게송[偈頌: 시(詩)의 형식을 빌려서 종교적 가르침을 함축적으로 요약한 글]들이 있고, 예수교 경전 안에는 수사학적 표현이 대단히 뛰어난 「시편」속에 150편이나 되는 시(詩)가 들어있다는 사실을 잘 알고 있다.

하나님에 대한 진정한 믿음을 가진 시인이라면, 성경 내용에 대한 요약(要約)·기술(記述)이 아니라 시인만의 믿음을 전제로 독특한 찬양·찬미·반성·고백·기원 등의 내용과 그에 수반되는 감정을 시로써 표현해 내야 한다고 생각한다. 그만큼 함축적이면서 정서적이고 음악적인 언어로써 자연스럽게 리듬을 타야 할 것이다. 적어도, 시편 속에 들어 있는 시 정도는 되어야 한다고 생각한다. 그래서 후대인들이 성경을 심각하게 견주어보면서 고민하게 된다면 얼마나 좋겠는가. 나는 그 정도가 되어야 뛰어난 시인이라 할 수 있고, 각별한 믿음을 가진 자라 할 수 있다고 생각한다.

따라서 시편처럼 온전한 묵상시를 창작하려면 경전 내용을 앞세우지 말고, 하나님과 하나님 세계[경전내용]와 나와의 개인적인 관계 곧 하나님을 믿고 살아가는 과정에서 피할 수 없는 기쁨과 슬픔을 노래하고, 나의 믿음과 소원과 찬양과 찬미를 노래해야 할 것이다. 그리하여 하나님과 나와의 일대일의 관계로서 고백하고, 대화하고, 찬양·찬미하고, 기도하고, 요청하고, 의지하는, 그런 내용이고 그런 형식이어야 한다는 것이 묵상시에 대한 나의 솔직한 믿음이자 바람이다. 그러나 그것이 어디 쉽게 이루어지는 일인가.

하지만 나는 믿는다, 절박하게 묵상하는 자 가운데에서 예언자가 나오고, 선지자가 나오며, 능히 그의 입에서 시(詩)가 절로 터져 나오리라는 것을.

민미량 시인 스스로가 이미 자서(自序)에서 말했듯이 "하나님의 축복과 영생을 얻기 위하여, 그 축복의 길에서 벗어나지 않으려고 꾸준히 노력하며 살아온 미국 이민 33년이란 삶"이 헛되지 않고 신학을 전공한 목사로서 그리고 시를 쓰는 시인으로서 소망하는 바, 소기의 성취가 있기를 기원해 마지않는다.

차 례

차 례

오직
예수 사랑만이
나의 기쁨

경기하는 자의 법

자연의 법
인간의 법
하나님의 법이 있듯이
사람이 지켜야 할 법이 있다

세상에서는
세상법이 있고
성경에서는
하나님의 법이 있다

성경 말씀으로
세상을 살아가되
하나님의 법에 따른
인생 삶의 규칙을 지켜야 한다

만약 그 법에 따른
규칙대로 살지 않으면
마지막 경기에서 받을 면류관
그 면류관을 얻지 못할 것이다

믿음으로 달려가는 경기자들이여
오늘도 그 면류관을 향하여 힘껏 달려봅시다.

(디모데후서 2장 5절 말씀)

해와 방패시라

여호와 하나님은
빛을 주시는 해요
적으로부터 보호하시는 방패시라

하나님의 자녀에게
은혜와 영화를 주시며
정직한 자를 축복하시는
공의의 하나님이시라

우리 방패되신 하나님
날마다 좋은 것으로 공급하셔서
영적으로 충만하게 하시고
육적으로 숨을 쉬게 하시니
빛이 되시는 하나님의 모든 은혜라

내가 환난 날에 여호와를 부르면
방패로 지키시고 올무에서 건지시며
나의 삶을 바른 길로 인도하시는
여호와 하나님을 오늘도 의지하노라.

(시편 84편 11절 말씀)

이제는 허락하옵소서

때가 되지 아니하였나이까?
이제는 허락하옵소서!

주님의 자비와 사랑으로
구원의 때를 이루게 하옵소서!

저가 다름질하여 달려온
삶에 대한 보상으로
주님께서 귀히 여기시는 한 생명
구원을 이루도록 도와주시옵소서!

주여, 육신의 무지한 말과 생각으로
주님 선에 벗어났으나

주여, 저를 깨닫게 하옵소서!
귀로 듣고 눈으로 보는 것이 아니라
마음으로 듣게 하시되
심령 깊은 곳에서 주님을 만나게 허락하시옵소서!

진정, 그렇게 하옵소서!
이제는 허락하여 주시옵소서.

(5월 28일 2014년)

겉사람과 속사람

겉사람
밖으로 우리 눈에 보이는 사람
신체뿐 아니라 정신과 생각과 감정까지
포괄하고 있는 존재를 의미하고 있으며
이 땅에 살다가 죽을 피조물을 말하고

속사람
하나님의 영을 받아
거듭난 총체적 자아를 가지고 있는 사람
성령으로 거듭난 사람을 말하고 있다

겉사람
육체적으로 환란을 당하고
질병과 멸시와 핍박과 근심과
미움과 비난과 죽임을 당하지만

속사람
날마다 성령님과 함께
말씀으로 새로운 힘을 공급받아
살아가는 사람을 말하고 있다

그러므로 낙심하지 말 것은
겉사람은 후패하나

속사람은
우리 안에 임재하고 계시는
성령님으로 말미암아
날마다 새로워지기 때문이다.

(고린도후서 4장 16절 말씀)

육신과 영의 생각

죄와 사망의 법 아래서
또 한 다른 법이 있으니
곧 선을 행하는 법 가운데
악이 함께 있도다!

겉사람의 법으로
육신의 행동을 따르지만
속사람의 법으로는
신령한 하나님의 법을 좇도다!

생명이신 성령의 법
하나님 자녀들 마음속에
살아서 역사하시는 성령

바로 삶에서 우리와 함께
활동하시는 성령이시다

육신에 속한 자
생명이신 성령의 법이
죄와 사망의 법에서
해방시켜 주셨음에도 불구하고
영적인 것을 생각하지 않는 자

죄와 사망의 법 아래서

육신을 따라 살아가는 자이며

생명과 평강 가운데
그 힘을 공급 받아 살아가는 자
곧 성령의 능력으로 살아가는 자이다.

(로마서 8장 6절 말씀)

바른 말과 아름다운 것을 지키라

오늘은 긴 성경말씀을 인용하여
사도 바울의 심기를 읽고자 한다

하나님의 일꾼들이
세상에서 선한 싸움으로
감옥에 갇히어 고통을 받는 이 심정
경험해 보지 않은 사람들은
상상으로 생각하고 지나칠 것이다

나는 이 성경 말씀에서
사도 바울이 말하고 있는 부겔로와 허모게네
이 두 사람 이름이 성경에까지 나타나니
대대손손 축복이 아니라 부끄러운 일이다

대신 감옥에서 만난 회심자 오네시보로
그가 세상 부끄러움을 무릅쓰고
사도 바울을 도움으로 그 이름이 성경에 적혀 있다

우리는 세상에서 유명하고 이름난 사람들 옆에서
끼어들어 자신이 가지지 못한 것을 그 사람과 더불어
무엇인가 성취하고자 하는 마음이 있다

그것은 잘못된 생각이며 행동이다
아무리 충성 맹세 가까이 해도

본인의 것이 아니라는 사실이다

세상을 살아갈 때
오직 자신만이 가지고 있는 것
자신의 것과 남의 것을 구별하여
남이 빼앗아 가지 못하는 것을 가지는 것이며

하나님을 믿는 자로서
마땅히 가지고 있어야 하는 것은

우리 안에 거하시는 성령으로 말미암아
올바른 것, 아름다운 것, 세상이 줄 수 없는
하나님의 선물을 가진 자
바로 사도 바울과 오네시보로이다

부겔오와 허모게네는 세상의 자유인이요
사도 바울과 오네시보로는 감옥에 갇힌 자요
바울에게 도움을 준 자는 오네시보로!

우리는 어떠한가?
바른 말과 아름다운 것을 지키는 사람들
부겔로와 허모게네와 같은 사람인가?
오네시보로와 사도 바울과 같이 진정 회심한 자들인가?

(디모데후서 1장 13~18절 말씀)

눈을 밝게 하도다

여호와의 말씀으로
교훈을 받으면
마음이 정직하여
삶에 기쁨이 있다

말씀을 순종하면
선과 악을 구별하고
성령의 능력으로
눈을 밝게 한다

깨끗한 마음과
선한 눈으로
성령을 기쁘게 하는 삶

바로 여호와의 계명으로
살아가는 사람이다.

(시편 19편 8절 말씀)

자는 자들도

하늘나라
재림 후에 세워질 영원한 나라

놀라운 영광과 위엄으로
다시 오실 예수!

호령과 천사장의 소리와
하나님의 나팔로 강림하시니

살아남은 자
구름 속에 끌어 올려
공중에서 주를 영접하니

예수 안에서 자는 자들도
하나님이 저와 함께
데리고 오시리라.

(데살로니가전서 4장14절 말씀)

주께 기쁘시게 하는 것

날마다 우리의 삶 가운데
주께 기쁘시게 하는 것은

성경의 교훈과
신앙의 양심에 따라
올바르게 살아가는 것이 아닐까?

곧 선과 악을 구별하여
믿음을 좇아 한 마음되어
살아가는 사람들

오직 복음에 합당한 생활로써
서로 협력하여 선을 이루며
살아가는 사람들

구원에 대한 정확성과
신앙에 대하여 올바르게 판단하여
말씀으로 살아가는 사람들

서로 협력하여 아름다운
삶을 이루어가는
신앙의 공동체 사람들

이 사람들이 바로

신앙의 양심과 선의 양심을
지키는 사람들

매일 주님을 위해
기쁘시게 살아가는
아름다운 신앙의 사람들이 아닐까?

(에베소서 5장 10절 말씀)

한 분이시오

천지를 창조하신 하나님
그의 독생자 외아들을
이 땅에 보내시고

그 아들이 십자가에 달려
피 흘리시고 죽음으로
우리 죄를 감당케 하셨으니

우리가 그를 믿음으로
구원을 이루게 하신
하나님의 아들 예수!

하나님은 한 분이시오
중보도 한 분이시오
사람으로 태어난 예수!

그 예수를 믿지 않고는
구원의 방법이 없으니

그가 모든 사람을 위하여
자기를 십자가에 내 주셨으므로
다시 오시는 그날에 증거될 것이라.

(디모데전서 2장 5-6절 말씀)

성령이 충만하여

한 번의
성령의 인치심은
성령 세례요
성령으로 중생함이요
구원과 직결되는 것이라

기도함으로
성령이 충만하여
담대함을 얻고
하나님의 말씀 전함은
날마다 주를 사모하는 자라

그 기쁨은
은혜의 기쁨이요
구원의 기쁨이요
천국의 기쁨이므로

오늘도 마음에 진동하는 기도가
이루어지기를 기도하노라!

(사도행전 4장 31절 말씀)

잊어버릴까 하노라

마음,
사람 마음
참 간사한 것이다

다급하면 하나님
여유 있으면 내 마음
힘이 있다면 내 명령

산 정상에 올라가기까지
밑바닥부터 기어오르지 않았는가?

산에 올라가는 그날에
자연과 햇빛이 있었고
주위에 산이 있었으며

적절한 바람 불고
산에 올라갈 에너지와
건강이 뒷받쳐 주지 않았던가?

그런데 혼자
정상에 올라 내려다보면서
음, 이만하면 됐지 그래, 내 세상이야
이 산을 모두 내가 가졌어

교만한 사람아,
어디 혼자서 올라간 산이던가?

두렵건대 네 마음이 교만하여
네 하나님 여호와를 잊어버릴까 하노라.

(신명기 8장 14절 말씀)

오직 내 안에

오직 내 안에
무엇을 품고 살 것인가?

나는 그리스도와 연합하여
날마다 그의 뜻에 따라 살기를 간구하며

내가 그 안에서
날마다 십자가에 못 박는 그 심정
비록 견디기 힘드나

예수님이 우리를 위하여
그리하지 않았던가?

그러므로 내가 사는 것은
오직 그리스도를 위하여
사는 것이 마땅함으로

이제,
내가 육체 가운데 사는 것은
나를 위하여 자기 몸을 버리신
하나님의 아들 예수 그리스도!

그 분이 내 안에 계시므로
내가 그 사랑을 힘입어 마음에 위로 받고

그 믿음 안에서 날마다 살아가는 것이라.

(갈라디아서 2장 20절 말씀)

나를 보내소서

이사야는 하나님의 영광을 보았을 때
자신의 입술이 부정함을 고백하였다

입술이 부정한 자로 하나님을 뵈었은 즉
죽게 되었다고 탄식할 때

하나님께서는 스랍을 통하여
하늘의 제단에서 숯불을 가져다가
이사야 입에 대니 죄가 사하여졌다

우리가 일상생활에서
언어를 사용할 때
올바르게 사용하는 것보다
세상에 물들어 불필요한 언어를
부정하게 사용할 때가 많다

그때마다 하나님께
입술이 깨끗해지기를 기도드린다

우리가 숨을 쉬듯이 사용하는 언어
세상 찌꺼기가 묻어 나오는 언어

그 입술에 오늘도
하늘의 제단에서 숯불을 가져다가

우리의 입에 대어 깨끗케 하시사

"내가 여기 있나이다
나를 보내소서" 라고 기도드린다.

(이사야 6장 8절 말씀)

우스 땅에 경건한 자

우스 땅에 경건한 자
욥이라는 사람이 살았다

그는 순전하고 정직하여
도덕적으로 순결하였고
인격적으로 순전하였으며
영적으로 충만하였다

그가 하나님을 경외하되
유일하신 하나님을 경외하였고
전능하신 하나님을 경외하였으며
만유를 다스리시는 하나님을 경외하였다

그는 악에서 떠나
몸으로 죄를 짓지 아니하였으되
생각으로, 눈으로, 마음으로, 입술로, 행동으로
하나님 앞에 죄를 짓지 아니하였다

그는 순전하고 정직하여 악에서 떠난 의인이라고 말하고 있다
똑 같은 사람으로 이 땅에 태어나 한 세상 살아가는 우리!
오늘 우리에게 경건은 무엇인가?

(욥기 1장 1절 말씀)

성령의 법

내 지체 속에서
다른 마음의 법과
날마다 싸우지만

생명이신 성령의 법
죄와 사망의 법에서
싸워 이김으로

하나님의 자녀된 자들에게
풍성한 생명을 얻게 하시고

우리를 사망에서 건지시고
죄에서 해방하였음이라.

(로마서 8장 2절 말씀)

만지지도 말라

우리가 어려서나
어른이 되어서

주인의 허락 없이
남의 물건을 만지는 것과 같이

바울이 오늘
우리에게 교훈을 주는 것은

헛된 속임수 궤변
악한 세상 가르침
철학 율법 초등 학문으로
신분을 망각한 거짓 교사의 말에

곧 붙잡지도 말고
맛보지도 말고
만지지도 말라 하는 것이다

이것은 곧
하나님의 의를 위하여
세상 초등 학문에서
그리스도와 함께 이미 죽었은 즉

주인 되신 하나님

위에 것을 생각하고
땅의 것을 생각지 말라고 부탁하신다.

(골로새서 2장 21절 말씀)

육신의 떡보다는 하나님의 말씀으로

우리가 육신을 위해서는
날마다 가장 좋은 음식으로 가려 먹는다

건강한 육신을 가지고
사는 날까지 아픈 고통 없이
행복한 삶을 살기 위함이다

그러나 진정 육신을 위해서라면
하나님의 말씀으로 날마다 죄를 씻고
깨끗한 정신과 마음으로
영적 생활을 유지해 나가는 것이다

그리하면 하나님께서
육신의 건강과 영적인 건강을
책임져 주시기 때문에
비록 때로는 넘어져도
다시 새롭게 살아갈 힘을 얻는다

그러므로 우리는 육신을 위하여
하루 세 번 떡을 먹는 것과 같이
아울러 영적인 삶을 위하여
하루 세 번 하나님의 말씀을 먹는 것이다

그리하면 하나님의 능력을 힘입어

공중권세 잡은 자의 손에서
매일 승리할 것이다.

(마태복음 4장 4절 말씀)

실천의 종

실천의 종 사도 바울!

넘치도록 수고하고
옥에 갇히기도 하고
매도 수없이 맞고
여러 번 죽을 뻔하고

다섯 번이나 39대씩 매를 맞고
납 달린 채찍으로 세 번 맞고
한 번 돌로 맞고
세 번이나 파선하여 일주야 깊음에서 지냈고

여러 번 강의 위험과
강도의 위험과
동족의 위험과
이방인의 위험과
시내의 위험과
광야의 위험과
바다의 위험과
거짓형제 중의 위험을 당하고

수고하며 애쓰고
여러 번 자지 못하고
주리며 목마르고

여러 번 굶고 춥고 헐벗었노라

이 외에 일은 고사하고
오히려 내 속에 눌리는 일이 있으니
곧 모든 교회를 위하여 염려하는 것이라

그러므로 누가 우리를
그리스도 사랑에서 끊으리요
환난이나 곤고나 핍박이나
기근이나 적신이나 위험이나 칼이랴

사도 바울이 받은 이러한 시련을 통하여
우리의 시련 역시 정금같이 나오리라!

(로마서 8장 35절 말씀, 고후11장 23-28절)

여인이 어찌 자식을 잊겠으며

일백 세가 된 어머니
팔십 세가 된 어머니
육십 세가 된 어머니
사십 세가 된 어머니
이십 세가 된 어머니
오대 손 가정의 어머니다

사십 세 어머니는
이십 세된 딸을 걱정하고

팔십세된 어머니는
육십세된 딸을 걱정하며

일백 세된 어머니가
팔십 세 딸을 걱정한다.

이것을 보고
여인이 어찌 지식을 잊겠으며
태에서 난 아들을 긍휼이 여기지 않겠느냐?

이것이 인생사
돌고 도는 인생사
걱정 또 걱정 부모의 걱정!
여인이 어찌 제 몸으로 낳은 자식을 잊겠는가?

하물며
하나님이 지으신 피조물을 어찌 잊으시겠는가?

(이사야 49장 15절 말씀)

영광이 변하여

예수님께서 이 땅에 내려오심은
인간의 죄를 대속하기 위함이라

우리가 예수를 믿고
모두 천국 가기 위함일진대
죄를 회개하지 않는다면
어찌 천국이 있으랴

사람아
하나님의 영광을 욕되게 하며
허사와 궤휼을 즐기는 자여
너희는 떨며 죄를 범치 말지어다.

(시편 4편 2절 말씀)

피차 가르치며

우리 삶에 유익되는 말씀
하나님의 진리에 말씀

그리스도 말씀이
내 안에 풍성히 거하여
지혜로 서로 권면하고

"시와 찬미
신령한 노래
마음에 감사함으로 찬양
말에나 일에나
주 예수 이름으로 하고
예수로 힘입어
하나님 아버지께 감사하라"

우리에게 가르치는 옳은 말씀
꼭 필요한 말씀
삶에 유익되는 말씀

이 말씀으로 서로 권면하며
살아가는 것이 얼마나 아름다운가?

(골로새서 3장 16-17절 말씀)

은혜로 주신 자식

야곱이 변하여 이스라엘
그가 20년 만에 찾아나선 고향길

형 에서와의 옛 관계를 청산하고
이스라엘 이름으로 변한 그의 태도는
몸을 일곱 번 땅에 굽히며
겸손하게 형을 맞이하였다

형 에서가 동생 야곱을 바라보며 묻되
너와 함께한 이들은 누구냐?

야곱이 입을 열어 겸손히 말하되
주의 종에게 은혜로 주신 자식이니이다

20년 동안 훈련받은 야곱
형 에서 앞에 겸손히 사죄하는 모습이
하나님께서는 바로 이 일을 위하여
멀리 떠나보낸 것이 아닐까 생각해 본다

어찌하든
야곱이 빈손으로 고향을 떠나
다시 고향에 돌아올 때는

하나님의 은혜로 이룬

많은 자식들과 가축
하나님의 축복임을 잘 나타내 주는 이야기이다.

(창세기 33장 5절 말씀)

빛 가운데 행하면

길이요 진리 되신 예수님
우리가 빛 가운데 행하면

그 피로 사귐이 있어
죄를 사하여 줄 것이요

그 피로 말미암아
깨끗하게 될 것이라

빛 가운데 행하고
빛 가운데 살면서
두려워할 것 없는 것은

우리의 생명이요
우리의 영광이며
빛 되신 하나님과 동행함이라.

(요한일서 1장 7절 말씀)

천대까지 복

여호와 하나님
신실하신 하나님께서
우리에게 부탁하시기를

주를 사랑하고
주의 법도를 지키는 자에게
긍휼과 자비로 베푸시겠다는 은혜

그 은혜를 알고
그 계명을 지키는 자에게
천대까지 복을 주시겠다는 언약이다

우리가 복을 받기 원하고
자녀들이 잘되기 원하고
가정에 축복받기 원하는 것은

바로 천대까지
복을 주시겠다는 하나님의 말씀
그 말씀을 믿고 순종하는 삶이다.

(신명기 7장 9절 말씀)

은혜의 향기

이방 종교의 분향이요
로마군의 환영이라

그들을 위해
뿌려진 꽃향기가
도시에 가득하나

오직 의로운 향기는
그리스도를 전하는 향기라

그 속에 살며
그리스도를 아는 냄새
은혜의 향기에 감사하노라.

(고린도후서 2장 14절 말씀)

세상의 보화보다 더 귀중함

이스라엘 백성의 고난
모세의 고난
그리스도의 고난
이 고난에 참예하고자

현재 받는 이 고난은
하늘에 있는 본향을
바라보고 살아감이요

내 영혼을 부요케 하여
세상의 보화보다
더 귀중하게 여김은

장차 하늘에서 받을
상급을 위함이라.

(히브리서 11장 26절 말씀)

유쾌하게 되는 날

하나님 앞에
자신의 죄를 회개하고
새롭게 되는 날

십자가 대속과
예수님 부할 승천으로
다시 오실 메시야

주 앞으로부터
깨어 대비하고 있는 그날
유쾌하게 되는 날을 맞이하리라.

(사도행전 3장 19절 말씀)

깨어라

깨어라
대적을 물리치고
믿음을 굳게 하여 지키자

눈 깜짝할 사이에
인생을 통째로 삼키는 자
바로 믿음의 대적들이다

사람도, 믿음도
건강도, 관계도
명예도, 물질도
한 순간에 삼키는 대적

믿음의 갑옷과 투구를 쓰고
근신하고 깨어 지내자.

(베드로전서 5장 8절 말씀)

남 말하기를 좋아하는 자

그들의 말은
별식 같아서
사람 뱃속 깊이 내려간다

그들이 말하는 것이
매우 달콤하여
오랫동안 기억해 둔다

그들이 말하는 것은
이웃을 멸시하고
두루 다니며 험담하고
남의 비밀을 누설하며
친한 벗을 이간질하고
자기 아집과 욕심에 이끌려 생활하며
자기 의사를 드러내기만 기뻐하고
남의 말하기를 좋아하며
자기의 일을 게을리하고
남의 사연을 듣기 전에 대답하며
재물이 많고 적음에 따라 친구를 사귀는 사람

남 말하기를 좋아하는 자
바로 미련한 자의 모습 속에 나타나는 것
오늘 나는 어디에 서 있는가?

(잠언 18장 8절 말씀)

지혜의 믿음

우리가 믿는 하나님
지혜의 믿음이 되는 하나님
그 하나님을 우리가 믿을 때

시험을 만나거든
온전히 기쁘게 하며
인내를 온전히 이루라

시련이 인내를 기르고
인내는 참고 견딤으로
흠 없는 인격을 만들기 위함이라

후히 주시는 하나님께
지혜를 구하고
그 지혜의 말씀으로
헝클어진 세상에서 오늘도 살리라.

(야고보서 1장 2절 말씀)

구원에 대한 감사

세월호를 보니
예수님이 언제 오실지
언제까지 우리가 복음과 진리로
함께 즐거워하고 은혜를 나눌지?

마지막 그날이 되면
이 땅에서 살아온 상급에 따라
기쁨도 슬픔도 있겠지만

하나님께서 택하신 데살로니가 교인은
진리에 대한 믿음을 주셔서
거짓 속임수에 넘어가지 않았다

오늘날 많은 성도나 지도자들이
거짓 속임수에 속아 넘어가
자신뿐 아니라 가족은 물론이요
자기 주위 사람까지 망하게 하는 거짓들!

그러므로 부활의 주님을 믿고
그 영광에 참예하기 위하여
자신의 믿음을 철저하게 보호해야만 한다

보호하지 않고는
거짓이 슬그머니 들어와

먹음직도 하고
보암직도 하고
지혜롭게 할 만큼 탐스럽기도 한 유혹
결국 그곳에 빠져 허우적거리는 믿음의 사람들!

그러나 우리가 마땅히 하나님께 감사할 것은
성령으로 우리를 거룩하게 하심과
진리를 믿음으로 구원을 얻게 하심이니
굳게 서서 복음의 말씀을 전파하고
우리에게 주신 구원에 대한 감사의 말씀을 지키는 것이라.

(데살로니가후서 2장 13-15절 말씀)

적당히 타협

그동안 몸살을 치러
희미해졌던 내 정신을 가다듬고
사람들 관계를 들여다보니
아직도 내가 뒷걸음쳐 나와야하는 것이
못내 가슴 아프다

세상인가?
신앙인가?

세상과 더불어 살아가는 신앙인?
세상 속에 물들어 살아가는 신앙인?
세상 속에 물들지 않고 살아가는 신앙인?
세상 속에 빛이 되는 신앙인?

사람과 하나님 앞에
진실을 말하고자 하는 신앙인?
그리고 적당히 라는 '타협'

그러면 적당히 라는 말은 도대체 어느 정도인가?
'적당히=정도에 알맞게, 엇비슷하게, 요령 있게 (대충 대충)'

사람에 따라 '적당히'라는 말과 행동은 다르지 않겠는가?
어찌 그것이 하나님 앞에 진실하단 말인가?
그것은 세상타협이지 않겠는가?

하나님의 나라를 어찌 '적당히, 타협'으로 들어가겠는가?

바로 교회 안에서 살아가는 세상 사람들!
세상에서 불러 모아 뽑은 사람들!
거듭나 거룩한 성도라 일컫는 사람들!

그런데 나는 '세상과 타협'에서 어려움을 겪는 것은 분명하다

하지만
하나님께서 주시는 은혜로 말미암아 신앙 안에서 자유!
내가 믿는 하나님 안에서 그 자유를 누릴 것이다.

(시편 119편, 117편)

주의 말씀을 섬기고 떨며

하나님의 진노를
피할
나라가 없고
군왕이 없으며
그의 심판에
견딜 수 있는
거짓도 없도다

오직 육신을 입고
이 땅에 오신 예수!

그의 말씀으로
지혜와 교훈을 의지하면

우리에게 복을 주시고
그 지혜를 거부하면
멸망이 있을진대

오늘 나는
오직 주의 말씀을
섬기고 떨며
그 말씀으로 즐거워 할 것이라.

(시편 2편 11절 말씀)

나의 나된 것은

나의 나된 것은
나의 성품이나
나의 재질이나
나의 노력이 아니요

내가 나된 것은
예수 그리스도 안에서
사랑으로 지켜 주심이요
옳은 길로 인도해 주심이요
주님의 은혜로 살게 하심이라

그 십자가를 내가 사랑함으로
예수님 때문에 핍박을 받고
예수님과 함께 살아가는 것은
예수 그리스도의 부활의 주님을
만나기 위함이라

그러므로 나의 나된 것은
주님의 은혜가 헛되지 아니하여
오직 나와 함께하신 하나님의 은혜로다.

(고린도전서 15장 10절 말씀)

예언의 성취

제자들
마음을 열어
성경을 깨닫게 하시니

제자의 선생이
앞으로 당해야 하는 고난과 부활
만민이 죄 사함을 얻기 위함이요

고난 받은 선생이 죽어
제 삼일에 죽은 자 가운데서 다시 살아나사
죄 사함을 얻게 하는 회개가 열렸으니
예루살렘으로부터 시작하였다

증인이 된 우리에게 부탁하시기를
예루살렘을 떠나지 말고 부활의 주님이
다시 오시기까지 인내하고 기다리라고 하셨다

그 인내가 때로는
언제까지이니까?
언제 다시 오시렵니까?
가끔 질문하면서 그렇게 기다리고 있다

바라옵기는
예수여, 속히 오소서!

이 땅을 치료하소서!
그리고 구원하소서!

(누가복음 24장 45-48절 말씀)

세월호

피우지 못한 꽃망울
바다가 삼켜버린 세월호!

살아서 만나보자!
절규하다 영원히 잠든
우리들의 희망!

부모의 눈물은 폭포수요
애곡하는 소리에 하늘도 울었다.

(여인이 어찌 그 자식을 잊겠는가?
이국 멀리서 위로의 마음 보냅니다.)

육체의 장막

우리의 장막
육체의 장막
이제 하늘을 향하여
파란 젊음이 이 땅을 떠나갔습니다

무너진 장막은
육체의 무상함이요
육체의 나약함이요
육체의 무가치 함이라

흙으로 왔다가
피우지 못한 채
흙과 바다로 떠나가버린 젊음!

하늘에 있는 영원한 집에
처소로 덧입기를 간절히 사모하노니
이렇게 입음은 벗은 자들로 발견되지 않으려 함이라.

(고린도후서 5장 1절 말씀)

친구의 얼굴을 빛나게 함

사람에 따라서 모두 다르겠지만
나는 어제 저녁 좋은 목사님(선교사님)과
이야기를 많이 나누었다

변변치 않는 저녁식사와 함께
긴 이야기를 듣고 서로 의견을 나누었다

그동안 내가 몰랐던 일들
그동안 상담과 다른 이들을 통하여
내가 알고자 했던 문제들을
어제 저녁 동료 목사님께서는
하나, 하나 이야기를 해 주셨다

어떤 면에서는 나의 실수와
어떤 면에서는 그렇지도 않는 일들이
자세하게 내 머릿속에 스쳐갔다

그동안 많은 사람들을 만나고 헤어졌지만
내 인생에 있어서 내 생각과 달리
내가 쉽게 이해하고
깨닫도록 말씀해 주신 목사님!

사회 경험이 많아서일까?
하나님의 깊은 영성일까?

사람과의 대화가 많아서일까?

나는 목사님이 떠나신 후
곰곰이 생각해 보았다

그동안 너무 가까워서 볼 수 없던 것들
멀리서 이제 뒤돌아보니
무언가 조금 보이는 듯하다

철이 철을 날카롭게 하는 것 같이
동료 목사님은 나의 얼굴을 빛나게 해 주셨다.

(잠언 27장 17절 말씀)

여호와를 신뢰하는 자

여호와를 의지하는 자
여호와를 신뢰하는 자
여호와를 기쁘게 하는 자

하늘에서 열매를 보심이요
하늘에서 상급이 있음이요
하늘에서 천국이 준비됨이라

지혜로 인자하심을 두르고
말씀으로 살아가는 의인이요

정직함과 깨끗한 양심으로
사랑을 나누는 손길!

그 마음에는 구원을 받았으므로
기뻐하고 기뻐 외칠지어다.

(시편 32편 10-11절 말씀)

부활의 소망

영적인 삶
말씀으로 이루어지는
부활의 소망!

그 소망을 붙잡고
고난의 길에 참예하고자
눈물의 가시밭을 걸어왔다

이 땅에서 장사되신
예수 그리스도를 믿음으로
우리에게 부활의 참예를 이루어주신 예수!

이제 조금만 더 참아
하늘에 완성된 아름다운 집을 향하여
찾아가는 부활의 소망!

오늘도 고난의 십자가 예수님께 기도드린다.

(골로새서 2장 12절 말씀)

하나님의 뜻

제사와 예물과 번제와 속죄제는
첫 것이요

둘째 것은
하나님의 뜻을 행하는 것이므로
속죄를 위해 다시 제사가 없는
새 언약의 복음이요

첫 것을 폐하심은
둘째 것
하나님의 뜻을 세우려 함이라

그러므로 성령이 내 안에 임재하사
증거하시므로
내가 주의 뜻 행하기를 즐기오니

이 아침에
주의 법이 나의 심중에 있나이다.

(욥기 40장 8절 말씀)

죽어도 살겠고

예수에 대한 믿음
곧 부활의 소망이다

죽음은 영생이 실현될 때까지
잠시 기다리는 과정뿐

예수께서 약속하신 부활은
하나님의 나라 입성
생명이신 예수!

이 땅에서도 살고
죽어서도 살 수 있는 부활의 믿음

우리가 믿는
하나님의 아들 독생자
바로 예수 그리스도를 믿어
죽어서도 살고…….

(요한복음 11장 25절 말씀)

밧단아람(Paddan Aram)

평야,
아람의 평야를 향하여
가는 그대여!

슬프도다!
생각하면 생각할수록
더욱 슬프도다!

이삭 아비여
리브가 어미여
형 에서여!

브엘세바를 떠나
험준한 광야를 향하여 걸어가는 야곱!

걸어 걸어서 해는 져 어둑한데
루스라 이름하는 성에 당도해 보니

광야의 나그네 되어
사막의 쓸쓸한 들판에 홀로 서있는
처량한 71세 야곱은

슬프도다!
생각하면 생각할수록

더욱 슬프도다!

바람에 스쳐 지나는 베드인 발걸음 소리!
땅은 침대 돌은 베게요
하늘을 이불삼아 잠자는 야곱!

어찌하여 형에서를 속였든가?
어찌하여 아버지 이삭을 속였든가?

광야에 깊어가는 밤
죄값을 치러야 하는 두려움
꿈속에서 하나님을 만나 위로를 받는구나!

(창세기 28장 20-22절 말씀)

모든 입으로 시인

하늘과 땅과
바다를 주관하시고
인간의 생사화복을
주관하시는 하나님
이 아침에 감사드리나이다

하나님의 본체시며
하나님과 동등하시나

자기를 비워
종의 형체를 가지시고
이 땅에 오사

십자가의 죽기까지
복종하신 하나님!

지극히 높은 그 이름 예수
예수 이름을 찬양합니다!

이 땅에 사는 우리들
예수 이름 위에 무릎을 꿇게 하시고
입으로 시인하며 하나님께 영광 드리옵니다

주님의 마음을 본받아

이 땅에 살면서
주님의 거룩하심을 이루게 하소서!

(빌립보서 2장 10-11절 말씀)

주의 법

자나깨나
앉으나서나
주의 법을 기억하여
날마다 묵상하나이다

이 세상 살면서
오직 하늘을 향하여
마음과 온 정신을 쏟게 하시고
하늘의 비췸으로 살게 하소서

날마다 말씀으로
정결하게 씻어주시고
두렵고 떨림으로 주의 법을
사모하게 하소서!

행여, 그리하시면
주님 오시는 날
영광스러운 주님을 만나 뵈오리이다.

(시편 119편 97절 말씀)

보시는 하나님

보시는 하나님
들으시는 하나님
위로하시는 하나님 앞에서

속이는 자는 이 또한 속임을 받을 것이요
사랑을 베푸는 자는 이 또한 사랑을 받을 것이라

정직과 성실을 가까이하여
넓은 마음을 품고 서로 용서하라

위선과 거짓으로 유혹할지라도
오직 자신의 신앙을 빛으로 오신
예수 그리스도의 말씀으로 비추어 보는 사람이
진정 천국을 바라는 하나님의 자녀들이 아니던가?

(창세기 29장 25절 말씀)

허리에 띠와 등불을 켜고

팔레스타인 의복은
무릎 아래까지 오는 긴 옷이므로
비상시에는 허리에 띠를 매어야 했다

밤에 필요한 등불은
상황이 임박했으므로 미리 준비하고 있어야하는 것인데
재림하시는 예수님을 맞이할 등불이기도 하다

세상을 치유하고 변화시키는 임무와
죽어가는 영혼에게 희망과 구원의 소망을 주던 하나님의 사람

출생과 죽음, 만남과 이별, 사랑과 증오
치유와 구원을 말하던 하나님의 사람

이 아침에 다시금 생각해 보건대,
하나님의 사람으로서 이 시간 하나님께서 부르시면
나는 과연 하나님을 만날 준비가 되었는가?

(누가복음 12장 35절 말씀)

하나님의 눈으로

말씀을 읽고
말씀을 기억하며
성령의 음성을 듣고
몸으로 실천하되

가슴속 깊이 담아
그곳에 저장해두라

머리로 저장함은
이 세상 삶이요

가슴으로 저장함은
천국 삶일진대

그대여, 가슴으로
하나님을 마음속에 품어라

세상을 이기신 이가
풍성하게 주실 영의 양식!

그 십자가 사랑으로
세상을 하나님의 눈으로 보라!

(고린도전서 6장 19절 말씀)

살아있음에

살아있음에
참으로 다행이다

살아있어
온전히 주님께 드림이
감사함이요

입을 벌려
주님께 찬양하게 하심을
감사함이며

마음에 안정과
평화를 주시고
주님과 함께 동행하게
하심을 감사함이라

사는 날까지
강건한 믿음을 주시고
주님께서 귀히 사용하시는
아름다운 도구로 삼아주소서!

(로마서 8장 8절 말씀)

물위에 비추이는 얼굴

맑은 샘물에서
내 작은 얼굴을 보았다

손가락으로 물을 살짝 저었더니
물위에 떠있는 얼굴 모양이 흩어졌다

조용히 지내는 우리의 삶 가운데
흐트러지게 하는 주인공
믿음의 적!

물에 비추이는 얼굴처럼
사람 마음도 그렇게
물위에 비추어지면 좋겠다.

(잠언 27장 19절 말씀)

하나님의 사람을 위하여

공중의 새들도
들에 핀 백합화도
기르시는 하나님!

오늘 있다가
내일 아궁이로
던지는 들풀도
기르시는 하나님!

하물며
너희 일까보냐?
무엇을 먹을까?
무엇을 마실까?
무엇을 입을까?

천부께서
이 모든 것을 아시나니

먼저 하나님의 나라와
하나님의 의를 구하면
이 모든 것을 채워주시리라

하나님의 사람들이여!
하나님의 성도들이여!

하나님이 뽑은 자들이여!

내일 일은
내일 염려하고
한 날 괴로움은
그 날에 족하니라.

(마태복음 6장 33절 말씀)

지혜로운 자

영적인 사람
하나님을 아는
참된 믿음의 사람

주야로 심히
하나님께 간구함은
지혜롭고 영적인 사람으로서

생명책에 기록된 자로
남기 위함이요

하늘의 지혜를 받아
이 땅에서
하루를 살아가기 위함이라.

(데살로니가전서 3장10절 말씀)

오직 눈으로 하늘을 보라

썰물이 빠지면
밀물이 들어오고

폭풍이 왔다가니
진흙 모래덤에서
부서진 유리만 날카롭게 눈부신다

발로 밟아 모래 속에 숨기랴?
손으로 집어 쓰레기덤에 넣으랴?

용기 있게 두 가지 모두 할 수 있는 일

이번에 치우면 그동안 어지러움이 모두 깨끗해질까?
행여, 이 다음 다시 또 후폭풍이 돌아올까?

아직, 아직은
염려도 하지 말고
다시 돌아올 것이라고 생각지도 말며

위에 계신 하나님
오직 두 눈으로 하늘을 보라!

(이사야 40장 31절 말씀)

입술은 우리 것이니

그 입술로
주님의 사랑을 말하기보다
거짓을 말함이여

진실을 말하기보다
아첨을 하는 두 마음으로 말하는 자

헛되며 불성실한 자요
책임감이 없으며
인간관계를 단절시키는 자

바로 에덴동산의 큰 말하는 입이요(단 7:20, 25)
참람한 말하는 입(계 13:5)을 가진 자라

거짓 선지자
세상에서 위선자요
하나님 앞에 거짓쟁이요
그들은 진실에서는 멀도다!

어리석은 자
두 마음을 품은 자들에게서
우리를 지켜주시는 하나님께
오늘도 감사하노라!

(시편 12편 2-4절 말씀)

사랑을 모르는 자

사랑을 받아보지 못한 자들이
어찌 사랑을 알 수 있을까?

주님의 은혜를 받았어도
그 은혜를 기억치 못하는 자들이
어찌 주님의 은혜에 감사할 수 있을까?

십자가의 구원에 확신이 없는 자들이
어찌 십자가의 피 흘림을 기억할 수 있을까?

선지자를 죽이고
자신에게 맡겨준 사람을 돌로 치는 자여!

암탉이 그 새끼를 날개 아래 모음 같이
내가 네 안위를 염려한 일이 몇 번이더냐
그러나 네가 원치 아니하였도다!

사회에서
교회에서
가정에서
귀한 사랑을 뿌리치고 떠도는 자여
하나님의 사랑을 기억하여 돌아오고 돌아오라
영원히 살 수 있는 귀하고 귀하신 하나님의 품으로.

(마태복음 23장 37절 말씀)

일으켜 세우사

천천히 독약으로
병들어가는 소굴에서 구원하여 주시고
이 아침에 주님을 생각하고
말씀을 묵상하게 하시니 감사하나이다

날마다 악한 자의 영혼으로부터
지치도록 이리저리 헤맸으나
이제는 주님과 함께 살게 하시니
이 또한 감사하나이다

그러므로 내가 주를 높일 것은
악한 영의 손아귀에서 빠져나와
그가 기뻐하지 못하게 하심과
주께서 상한 마음을 치료하여 주시고
몸을 고치셨으니 감사하나이다

여호와여!
내 영혼을 악함에서 끌어내어 살리셨으니
다시금 일으켜 세우시고
힘과 능력을 주셔서
마지막 다하는 그날까지
주님의 도구로 사용하여 주시옵소서!

(시편 30편 1-3절 말씀)

악을 보지 못한 자가 더욱 낫다

태어나면서 시작된 악
살아남기 위한 사회 경쟁
상처를 주고받으며
학대를 주고받아온 사람들

오호라 학대 받은 자가 눈물을 흘리되
저희에게 위로자가 없도다

이미 넘어진 자를 발로 밟는 자
구걸하는 자 앞에 고함을 지르는 자
홀로된 과부의 굶주린 주머니 빼앗는 자
가난한 자의 품삯을 착취하는 자

학대하는 자의 손에는 권세가 있으나
학대받는 자에게는 위로자가 없도다
그러므로 살아있는 자보다
이미 죽은 자가 복되며

또한 이 둘보다도
출생하지 아니하여
해 아래서 행하는 모든 악을
보지 못한 자가 더욱 낫도다.

(전도서 4장 1-3절 말씀)

죄에 대하여 죽은 우리가

더 이상 무슨 말을 하리요
은혜를 받고자 죄를 짓고 있는가?

결코 그럴 수 없는 일!

그러면
하나님과 연합된 자인가?
구원을 기다리는 자인가?
영원한 생명을 얻은 자인가?

결코 그럴 수 없는 일!

생명의 하나님
구원의 하나님
하나님은 죄와는 멀도다

죄에 대하여 죽었다 하나
진정 죄에 대하여 죽은 자인가?

그런데 어찌 하나님과
연합한 자가 된단 말인가?

세상 살다 살다
더 무슨 꼴을 당하리요

어찌하여 이리도 깊이
양심에 화인을 맞았는가?

귀가 닿도록
죄는 무섭다고 우리는 듣지 않았던가?

죄! 죄! 죄!
날마다 죄를 즐기는 사람을 보았도다
무슨 말을 더 하리요!

(로마서 6장 1-2절 말씀)

슬프다 내 사랑이여

슬프다 내 사랑이여
본래는 사랑이 많더니
이제는 어찌 그리 사악한 동물이 되었는가?

본래는 사람 중에 크던 자가
이제는 깡 마른 막대기 같고

본래는 사람 중에 왕자되었던 자가
이제는 사람 중에 엎드려졌도다

슬프다 내 사랑이여
이제 와서 밤새도록 애곡하니
불타는 화여, 분내는 목소리여!

방 안에 도끼는 무엇이며
밤마다 섞는 약은 무엇이던가?

그래서인지
사랑하던 자중에 위로하는 자가 없고
친구도 다 잃고 원수가 되었으니

부서지는 피아노 소리가
새벽을 깨우노라!

(예레미아애가 11-2절 말씀)

바람을 잡으려는 수고

흙으로 만들어진 사람
모태에서 세상에 나와
늙어 다시 흙으로 돌아가는 인생

이 땅에서 개인이 소유했던 모든 재물이
사람에게 천국을 주는 것이 아니라

때로는 위협을, 때로는 다툼을
때로는 평화를, 때로는 안정을

이 땅에서 수고한 재물
미리 하늘에다 보물을 쌓아두고
빈손으로 떠날 때

하늘에서는 그 보물을 주려고
우리를 기다리지 않겠는가?

그러므로 일평생의 수고가
진정 하늘이던가?
이 땅에서이던가?

바람을 잡으려는 헛일!
구름을 잡으려는 헛일!
오직 번뇌와 질병 분노뿐이라.

(전도서 5장 15-16절 말씀)

네 상처를 낫게 하리라

인간이 한세상 살면서
상처를 주고 또한 받고
그렇게 살아왔다

받은 상처 깊이에 따라
세월이 길고 또한 짧게 걸리겠지만
나이가 들면서 용서하고 잊히어진다

상처는 삶의 연속되는 과정에서
우리 생활에 떠나지 않아
우리와 함께 상처도 자라고
잊어가면서 살아온 것이다

하나님께서 이스라엘의
상처와 치료에 대한 예언으로

"나 여호와가 말하노라
그들이 쫓겨난 자라하며
찾는 자가 없는 시온이라 한즉
내가 너를 치료하여
네 상처를 낫게 하리라"

얼마나 아름다운 말씀인가?

상처를 감싸 주시는 하나님
버려진 자의 힘이 되시는 하나님
가혹한 시련의 겨울이 가고
밝은 소망의 봄이 돌아오는 치료

오늘 나에게 오셔서
"내가 너를 치료하여
네 상처를 낫게 하리라"

그렇게 하옵소서 주님!

(예레미야 30장 17절 말씀)

하늘가는 밝은 길이

오늘은 하나님께
찬송을 올려 드리고 싶습니다

이 찬송은 지난날
형제와 자매들을 생각하여
제가 고백하는 찬송입니다

하늘가는 밝은 길이 내 앞에 있으니
슬픈 일을 많이 보고 늘 고생하여도
하늘 영광 밝음이 어둔 그늘 헤치니
예수 공로 의지하여 항상 빛을 보도다.

내가 걱정하는 일이 세상에 많은 중
속에 근심 밖에 걱정 늘 시험하여도
예수 보배로운 피 모든 것을 이기니
예수 공로 의지하여 항상 이기리로다.

내가 천성 바라보고 가까이 왔으니
아버지의 영광 집에 가 쉴 맘 있도다
나는 부족하여도 영접하실 터이니
영광나라 계신 임금 우리 구주 예수라.

하늘가는 밝은 길이 내 앞에 있으니
이제 그만 내려놓고 마음 편하게 살겠습니다.　(에베소서 2장 6절 말씀)

어찌 자식을 잊겠는가?

어미의 뱃속에서
십 개월 자라다가
이 세상 찾아오겠다며
어미의 몸을 박차고
어느 날 태어난 아들

오늘은
신현진 아들이다

십여 년 전
달라스 어느 교회 전도사 시절에
현진이를 처음 만났다

현진이의 특별한 것은
다른 아이들보다 조용하고
좀 천천히 느린 것을 알았다

그때 나는
교회에서 학생들에게
매주 숙제를 많이 내 주었다

현진 엄마는
열심히 정성스럽게 아들과 함께
한 번도 빠짐없이 숙제를 제일 잘했다

아들을 생각하는 엄마의 정성에
내 마음이 녹아내리고
매달 선정하여 학생에게 주는 상을
그 달에는 현진이에게 상을 주었다

엄마는 현진이가
상을 받고 사진을 찍어주는 것을
매우 기뻐해 주셨다

그 사진은
교회 안내 벽에 붙인 채로
12월까지 장식하고 있었다

오며 가며
자신의 아들 사진을 들여다보며
기뻐해 주시던 현진 어머니!

오늘
떠나는 아들의 모습은 편안한데
엄마의 울부짖는 소리가
하늘을 울리고 있다

현진아!
비록 이 땅에서는 슬펐지만
이제 도착하는 그곳에서

너의 영혼이 기뻐해다오

아들을 가슴에 품고
보내는 어미의 마음
제자를 기억에 품고
보내는 선생의 마음
모든 어미의 마음이란다

부디 천국에서 편히 쉬어다오!

(이사야 50장 15절 말씀)

지혜로운 아들

겨울이 되면
농부는 봄이 오기를 기다리며
밭에 나가 땅을 고르고 다독인다

개미는 겨울을 위하여
여름에 먹이를 부지런히
저장하는 것을 우리는 알고 있다

우리는 어떠한가?

열심히 일하고 벌어서
탕자와 같이 허비하는 사람
어리석은 사람을 보았다

여름에 땀 흘리는 지혜로운 자
추수 때 누워 자는 부끄러운 자

거두어 들여야 하는데
아직도 진땀만 흘리고 있는
추수 때가 된 내 나이

그러므로 하나님 앞에
부끄러운 존재가 된 것 같아
마음이 심히 무겁다.

탕자와 같이 허비하는 사람
지혜로운 아들이 될 수 없을까?

(잠언 10장 5절 말씀)

내가 전하는 복음이

믿음으로 의롭게 함을 받고
우리에게 얻어지는 유익은 자유
그 자유는 그리스도 안에서 해방을 누리되
방종이 아닌 성령의 인도하심을 받은
생활을 통하여 얻어지는 의의 열매를 맺는 자유이다

이 자유를 주고 얻기 위하여
사도 바울이 갈라디아서 교인들에게 전하는 편지는
모든 그리스도인들의 자유의 대헌장이다

행위로 하는 거짓 복음을 물리치고
오직 믿음으로 말미암아 얻어지는 복음의 우월성
바로 갈라디아서 편지이다

이때 바울은
형제들아 내가 너희에게 알게 하노니
내가 전한 복음이 사람의 뜻을 따라 된 것이 아니라
이는 내가 사람에게서 받은 것도 아니요
배운 것도 아니요 오직 예수 그리스도의
계시로 말미암은 것이라고 한다

그리스도를 믿는 목적은
율법주의로부터 죄의 해방을 자유롭게 하는 것이며
그리스도의 십자가로 죄와 율법 저주에서 구원하는 것이다

그러므로 내가 전한 복음이
사람에게서 받은 것이 아니며
또한 배운 것도 아닌 오직 예수 그리스도의 계시
내 안에 계시는 성령님의 도우심으로 전하고 사는 것이다.

(갈라디아서 1장 11-12절 말씀)

죄 사함을 얻으라

예수를 믿는
첫 번째 중요한 것은
죄 사함이다

자신의 죄가
가만히 있는 가운데에서
머리로 학식을 배우고

더 나아가서
남을 가르치는 가운데
자신이 죄 사함을 받지 않고는
결코 천국에 들어가지 못한다

하나님의 말씀은 머리로만
믿는 것이 아니고
머리와 가슴으로 믿어야 한다

자신이 경험이 없는데
하나님 앞에 나아가
어찌 천국이 있다 말하는가?

선지자 노릇을 하고 가르치며
천국을 논의한단 말인가?

머리로는 생각하고
가슴에서 성령이 벅차오르는
뜨거운 하나님 사랑의 열정

그래야 찬양이 나오고
억울함이 나오며
한탄이 나올 것 아닌가?

이러한 일도 없이
회개하는 능력도 없이
하나님의 집에 갈 수 없어

베드로가 우리에게
교훈 주시기를

너희가 회개하여 예수 그리스도의
이름으로 세례를 받고
죄 사함을 얻으라
그리하면 성령을 선물로 받으리니

산모의 고통 없이 어찌 아이를 낳겠는가?
간구하는 고통 없이 어찌 성령을 받겠는가?

(사도행전 2장 38절 말씀)

나그네 길

아브라함 일백 칠십오요
이삭은 일백 팔십이요
야곱은 일백 삼십 년이라

지난 세월
연수의 자랑은

물처럼 흐르고
구름처럼 지나버린
얼룩진 슬픔이요
고통속의 신음이라

비록 조상의
나그네 길 세월에
미치지 못하나

우리 또한 현재에 이르기까지
험악한 세월을 보내나이다.

(창세기 47장 9절 말씀)

형제들을 위하여

찬양 가운데
영광 받으시는 하나님
녹아지는 마음을 주사
용서하게 하시고

불쌍히 여기는 마음을 주사
평안한 마음으로
주님을 생각하게 하시니 감사하나이다

사회와 가족의 잘못된 형성 속에 자라나
이제는 아픈 사람!

그들을 위하여
불쌍한 마음을 저에게 허락하시니
더욱 감사합니다

예수님의 사랑으로
형제들을 위하여
사랑으로 인내하며 잘 돌보게 하소서!

(요한일서 3장 16절 말씀)

즐거운 마음으로 드리는 것

부자이신 하나님
하늘도 땅도
산도 바다도 모두 하나님의 것

피조물 인간을 지으신 하나님이
우리에게 숙제를 주셨다

그 숙제는
창조하신 하나님을 잊지 않고
날마다 경배 드리는 숙제이다

경배와 함께
즐거운 마음으로 드리는 예물
바로 우리들의 삶 전체이다

하나님은 부자이시나
우리에게 예물을 조금 요구하셨다
바로 십일조이다

우리가 이 땅에서
하나님께서 공급해 주시는 삶을 살아갈 때
이 세상 모든 것을 가지고 누리되
오직 하나님의 것 십분의 일을
하나님께 드리라고 하셨다

그러므로 하나님의 것과
우리 것을 구분하여 생활한다면
양심은 더더욱 부하리라

그러나 이런 사람
하나님의 것도 내 것
내 것도 내 것
좀 위험한 투자이다

그러므로 부자가 되고 싶다면
하나님께 투자를 하라
좀도 없고 썩지 않는
영원한 하늘나라로 투자

바로 우리가 기억하여
즐거운 마음으로 드리고 있는
십일조 예물이다.

(출애굽기 25장 2절 말씀)

걱정하는 새를 본 적이 있는가?

없다
우리는 무심코
하나님께서 기르신다는 것을 믿고 있을 뿐이다
하물며 너희는 이것들보다 귀하지 아니하냐?

그래서 이제껏 그렇게 믿고 살아온 나는
어젯밤 예수 전도단 설립자이신
로렌 커닝햄 목사님 설교를 듣고
공짜로 나누어준 책을 한권 싸인 받았다

책 이름은 "벼랑 끝에 서는 용기"
문효미 옮김이다

그 책안에 두 번째 이야기가 바로
"걱정하는 새를 보았는가?"라는 질문이다
제목이 참 마음에 든다
어젯밤 설교 때 이 부분에 대하여 말씀하셨다

연륜 깊고 전 세계적으로 유명하신 분이니
이 책의 결과에서 배울 점을 많이 발견하게 되었는데
그의 목회 전 생에의 결과물이라고 나는 생각한다

그러므로 이마에 주름이 깊이 팬 새를 본 일이 있는가?
그 새는 여러 날 동안 잠을 자지 못해 눈이 충혈되고

눈동자는 흐릿할 것이다.

그 새가 둥지의 융자금을 어떻게 갚을 수 있을까?
걱정하며 전기 줄에 나란히 앉아 있는 새!
우리들의 삶속에서 일어나는 금전문제에 대한 이야기

그러나 걱정이 없다
왜냐하면 그 새는 하나님이 보호해 주시니까 말이다
그러므로 우리는 왜 걱정을 하는 것인가?

비록 내 주위는 산만하더라도
내 마음은 그래도 천국이니
이 또한 하나님께서 보호해 주시지 아니하는가?

공중의 새를 보라 심지도 않고 거두지도 않고
창고에 모아들이지도 아니하되 너희 천부께서 기르시나니
오직 믿음! 그 믿음으로 말이다

그 믿음으로 다시 용기를 내어
부러진 손가락으로 한 자, 한 자 이렇게 적어가는 것은
내가 하나님께 영광을 올려드리기 위함이요
날마다 하나님의 말씀을 묵상하기 위함이며
말씀과 성령의 힘으로 살아가기 위함이라.

(마태복음 6장 26절 말씀)

채소 위에 단비로다

하늘이여 귀를 기울이라
내가 말하리라
땅은 네 입의 말을 들을지어다

나의 교훈은 내리는 비요
나의 말은 맺히는 이슬이요
연한 풀 위에 가는 비요
채소 위에 단비로다

내가 여호와의 이름을 전파하리니
너희는 위엄을 우리 하나님께 돌릴지어다

그는 반석이시니
그 공덕이 완전하고
그 모든 길이 공평하여
진실무망하신 하나님이시니
공의로우시고 정직하시도다

모세의 마지막 노래
하늘과 땅의 주인이신
하나님의 교훈은
봄비처럼 듣는 사람의 마음에
진리의 싹을 소생시킨다.

(신명기 32장 1-4절 말씀)

정금보다 더 사모할 것

우리들 마음을 사로잡는
세상의 귀한 것들이 많지만
그중에 영원한 것이 있으니
하나님의 말씀이다

하나님의 말씀은 정직하여
우리들 마음을 기쁘게 하고
여호와의 계명은 순결하여
우리로 하여금 마음의 눈을 밝게 한다

여호와를 경외하는 것은
우리의 마음을 정결케 하고
영원까지 이르도록 인도하시므로

여호와의 율법은
뚜렷하고 지혜로움으로
금과 정금보다 더 사모할 것은
꿀과 송이 꿀보다 더 달기 때문이다.

(시편 19편 8-10절 말씀)

나를 때리는 자들에게

이제껏 살아온 세상
멀리서 수군수군하는 것에
기분으로 사람들은 때렸고
억지 부리는 것에 때렸고
거짓에 때렸고
사기에 때렸고
어려서부터 성장기 때까지
부모와 형제가 때렸고

우리는 인생을 살아오는 동안
수 없이 맞고 때리면서 이제껏 살아왔다

예수님께서도 하나님의 구원 계획을 위하여
앞으로 로마 병정들에게 고난당할 것을 예언하고
나를 때리는 자들에게 내 등을 맡기며
물러설 수 없는 하나님의 계획을
이루어야 했기 때문이다

수염을 뽑는 이스라엘의 모욕행위
얼굴에 침을 뱉는 모욕행위
뺨을 때리는 모욕행위

그러나 예수님은 얼굴을 가리지 아니하였다
그것은 무력해서 모욕을 당하는 것이 아니라

오직 하나님의 뜻에 순종하기 위해서였다

지금 우리가
나를 때리는 자들에게서
이러한 고난을 당한다면 우리는 어떠하겠는가?

(이사야 50장 6절 말씀)

양심에 화인 맞은 자

에베소 교회의 거짓 교사들
바울은 이들 교육에 대하여
경계할 것을 부탁한다

이들은 금욕주의자
정신은 선하고 물질은
악한 것이라고 가르치며

그들의 음식은 악하니
될 수 있는 대로 먹지 말고
혼인도 하지 말라고 하였다

이에 바울은
모든 것이 하나님의 선물이므로
선한 것이며 감사함으로 먹으라고 한다

거짓 교사들
잘못 가르치는 거짓 교사들
자기 양심이 화인 맞아서
외식함으로 거짓말하는 자들이다.

(디모데전서 4장 2절 말씀)

친구

다윗이 이 슬픈 노래로
사울과 그 아들 요나단을 조상하고 명하여
그것을 유다족속에게 가르치라 하였으니
곧 활 노래라
야살의 책에 기록되었으되

이스라엘아 너의 영광이
산 위에서 죽임을 당하였도다
오호라 두 용사가 엎드려졌도다

사울과 요나단이 생전에
사랑스럽고 아름다운 자러니
죽을 때에도 서로 떠나지 아니하였도다
저희는 독수리보다 빠르고 사자보다 강하도다

가족 관계
아비와 아들의 사랑
사울과 다윗의 친구 관계를
잘 보여준 말씀이다.

우리 가족과 친구는 어떠한가?

(사무엘상 20장 17절 말씀)

기뻐하는 종들

'여호와 위로' 느헤미야
바사 궁전에서
술 따르는 일을 맡은 느헤미야

바사 궁전을 떠나
백성들의 환란에 동참하여
그리스도를 예표하며
무너진 예루살렘 성벽을 재건하는데

물질적, 정치적으로
재건을 주도하며
도덕적인 면에서 백성들을
개혁시키는 총독 느헤미야의 기도는

"주여! 구하오니
귀를 기울이사 종의 기도와
주의 이름을 경외하기를
기뻐하는 종들의 기도를 들으시고

오늘날
종으로 형통하여
이 사람 앞에서 은혜를 입게 하옵소서!"

오늘 우리 모두가
기도와 정화에 앞선 사람
승리의 느헤미야가 되게 하옵소서!

(느헤미야 1장 11절 말씀)

나를 판단하실 주

바울이
그리스도께 부름 받기 전
스데반을 죽인 자들의 증인으로서
그리스도인들을 핍박하였다

바울이 회심하고 말하기를
깨닫는 자도 없고
하나님을 찾는 자도 없고
목구멍은 열린 무덤이라고 말한다

오늘 말씀 중에
바울 자신 스스로 돌이켜보면
신앙에 있어서 자책이 없는 것인지
아니면 하나님의 일꾼으로서
자책이 없는 것인지 알 수 없지만

우리 역시
처음 신앙에 있어서
실수를 거듭하고 넘어진 자국이 남아있고
바울 역시 지난 세월 씻지 못할 자국은 남아 있다

그러므로 우리는 인간
죄성을 가지고 태어난 인간
그 누가 '죄없다' 말 할 수 있겠는가?

그가 그리도 말하고 싶은 것은
'내가 자책할 아무 것도 깨닫지 못하나'
신앙 안에서 그리스도를 위하여
살고 있는 자부심이 그에게 있다

하지만
요즘 말로 거만인지 태만인지 잘난 바울인지?
모두가 죄인인데 왜 바울은 자책할
아무 것도 깨닫지 못한다고 말하는가?

자책할 아무것도 없다는 바울
'이를 인하여 의롭다 함을 얻지 못하노라'
그럼에도 불구하고 의롭다 함을 얻지 못한다는 바울의 고백!
모두가 죄인인데 어찌 스스로 의롭다 할 수 있겠는가?

바울이 주의 일을 위하여 밤낮 쉬지 않고 일하며
죽을 고비를 여러 번 당하고 감옥살이까지 하면서
선교여행에 앞장섰던 바울!

바울이 우리에게 하고 싶은 말
바울이 이미 수고했던 일에 대하여 잘 알고 계시는 이
또한 우리에게는 우리가 수고했던 일들을 잘 알고 계시는 이
그 일에 관하여 판단해 주실 분은 오직 '주'시라고.

(고린도전서 4장 4절 말씀)

복음은 오직 하나

갈라디아 교회에 전하는 복음
하나님으로부터 예수님
그리고 사도된 바울이라고 한다

유대인의 주장은
율법의 행위로 구원을 얻는다는 것
사도 바울의 주장은
오직 예수그리스도 은혜의 복음으로
구원을 얻는다는 것이다

만약 다른 복음을 전하면 저주요
영적 파멸에 이른다고 바울은 주장한다

그렇다, 이 세상 어디에도
우리를 구원할 만한 올바른 행위는 없다

"다른 이로서는 구원을 얻을 수 없나니
천하 인간에 구원을 얻을만한 다른 이름을
우리에게 주신 일이 없음이니라 하였더라(행4:12)."

오직 예수 그리스도를 믿음으로
구원함을 얻고 천국을 향하는 길이
열리게 되는 것이다

"네가 만일 네 입으로 예수를 주로 시인하여
또 하나님께서 그를 죽은 자 가운데서 살리신 것을
네 마음에 믿으면 구원을 얻으리니
사람이 마음으로 믿어 의에 이르고
입으로 시인하여 구원에 이르느니라(롬10:9-10)."

(갈라디아서 1장 9절 말씀)

어떤 병든 자

예수님의 기적
그 많은 사건들 중에
돌 맞을 각오하고
병든 자 치료하기 위해
길 떠나는 예수!

어떤 병자는 바로
마리아와 그 형제 마르다
베다니에 사는 나사로였다

마리아는 향유를 예수의 발에 붓고
머리털로 주의 발을 씻기던 자요
병든 나사로는 그의 오라비

예수께서 본래
마르다와 그 동생과
나사로를 사랑하시더니

죽은 지 나흘이 지난 나사로
냄새가 진동하고 부패된 나사로

마르다가 예수께 간청한 믿음
부활이요 생명을 믿었던 마르다
주께서 여기 계셨다면

내 오라비가 죽지 않았으리라!

이 말을 듣고
견디지 못한 예수!

그를 어디에 두었느냐?
주여 와서 보옵소서
예수께서 눈물을 흘리시더라.

(요한복음 11장 5절 말씀)

다시 찾은 아들

먼 나라에 가서
아버지가 주신 재산으로
허랑 방탕한 아들

그 나라에도 흉년이 들어
결국 빈털터리되어
돼지를 치는 일을 하더니

배가 고파
돼지가 먹는 쥐엄 열매로
배를 채우고자 하나 주는 자 없어

스스로 주저앉아 생각하니
양식이 풍부한 내 아버지 집
나는 여기서 주려 죽는구나!

아들이 다시 찾은 아버지 집
풍족한 양식과 아버지의 사랑
돌아온 아들 탕자 이야기

하나님께서 주신 청지기 직분
스스로 잘 지키는 것은
천국을 준비하는 개인의 책임이다.

(누가복음 15장 18절 말씀)

누구인지 알았더라면

사람들
간사하다
누구인지 모르고

사람들
현혹한다
만약 누구인지 알았더라면?

땅을 치고 원망할 자?
엎으려 절할 자?

여인이 알아본 그 사람
향유를 허비할 만한 그 사람

온 인류가 엎드려 절할 자
바로 구속자 예수님이셨다

고로 사람들
간사하다

누구인지 알았더라면?
그러므로 그 입 다물라!

(마가복음 14장 4-5절 말씀)

선으로 바꾸사

"두려워 마소서
내가 하나님을 대신하리이까"

꿈을 꾸는 자
형제들의 질투로 인하여
고난의 길을 걸어야 했던 요셉

시위대장 집안에 있는 옥살이
보디발 아내의 유혹을 벗어나
그가 살길을 찾은 것은
요셉이 하나님을 의지함이었더라

우리 곁에서 도우시는 하나님께서
일찍이 요셉을 도우사
애굽의 총리가 되게 하시고
아내와 두 아들을 두었으니

무낫세
하나님이 나로 나의 모든 고난과
나의 아비의 온 집일을
잊어버리게 하셨다 함이요

에브라임
하나님이 나로

나의 수고한 땅에서
창성하게 하셨다 함이었더라

기근으로 인하여
요셉의 형제들이
애굽으로 곡식을 구하러 왔으니
그곳에 총리가 되어 곡식을 베푸는 요셉!

두려워 마소서
내가 하나님을 대신하리이까

당신들은 나를 해하려 하였으나
하나님이 그것을 선으로 바꾸사

오늘과 같이
만민의 생명을 구원하게 하시려 하셨나니

악행을 행하는 사람
아무 이유 없이
그 악행을 받는 사람

그러나 마지막으로
사람 위에서 이 땅을 바라보시는
위대한 한 분이 계시니

바로 역사의 주인이신 하나님이시라.　　(창세기 50장 19-21절 말씀)

공평함을 살피소서

사람은 누구나
선하고 착하게 살아가기를 원하지만
어느 날 갑자기 자신에게
닥쳐오는 시련과 억울함!

한 번도 아니고
계속 반복되는 생활에서
서서히 악한 마음이 형성되고
그것을 실천으로 옮기고
오늘 다윗의 고백을 들어본다.

여호와여!
나의 정직한 기도를 들으소서!
주의 판단을 공평하게 살피소서!
밤에 마음을 시험하사 권면하시고
감찰하셨으나 흠을 찾지 못하셨으니
내가 결심하고 입으로 죄를 범치 아니하리이다

수많은 적들을 눈앞에 두고도
다윗이 결심하고 입으로
범죄하지 않겠다는 기도가
우리들의 삶에 이루어지기를 기도합니다.

(시편 16편 1-3절 말씀)

정하신 것

사람으로 태어나
하나님이 정하신 것을
이탈하여 살아남을 수 있을까?

살아남으려고
온갖 애를 쓰는 사람들
바로 어리석은 사람이라고 말한다

흙으로 만든 사람
다시 흙으로 돌아가는 사람

그 사람들에게
한 번 죽는 것이
정해져 있다는 것이다

착하고 선함과
거짓과 악함의 결과
구원에 합당한 삶

마지막 그들에게 전해줄
하나님의 선물은

이 땅에 살면서 이미 정해진 것
모든 인간이 피해 갈 수 없는
하나님의 심판 천국과 지옥이다.   (히브리서 9장 27절 말씀)

작은 일로 여겨서

사람을 죽이는
아주 작은 병균도 있고
눈에 보이지 않는 작은 먼지도 있다

작지만 우리가 어찌 무관할 수 있으랴
작은 겨자씨도 큰 나무가 되고
작은 바늘도 찌르면 큰 아픔이 되듯이

우리 역시 작은 일로
주위 사람을 괴롭게 하고
작은 일이라 하여 죄 없지 않을 터
사람들은 가볍게 여겨 그냥 잊는다

오늘 하나님의 말씀은
작은 괴로움이
하나님의 괴로움이요
작은 기도가
하나님께 드려지는 기도이므로

결국 우리가 하는 작은 일에
하나님이 간섭하시는 일이거늘

행여, 작은 일로 여겨 그냥 지나치지는 않는가?

(이사야 7장13절 말씀)

내 안에 모심이여

주의 장막에 거할 자
주의 성산에 거할 자

진실함과 공의를 말하고
참소치 아니하며
행악지 아니하는 자

내가 여호와를 송축하며
밤마다 훈계하는 마음으로
항상 여호와를 심장에 모심이여

이 세상에서 요동치 않음은
내 안에 성령님이 계심이라.

(시편 16편 8절 말씀)

나 없을 때에도

인간은 인간 앞에서
자신의 존재가 누구인가를
알리고 싶어한다

때로는 무던히 지나가고
때로는 알아달라고 떼를 쓰기도 하며
때로는 다툼으로 이어지는 것까지
자신을 알아 달라는 표현은 가지각색이다

그래서 사람들은
서로 마주치고 함께 어울려 살아가는
가족 공동체와 사회 공동체 안에서
자신을 알리고 지금까지 살아왔다

그러는 가운데 언제부터인가
우리 몸에는 살이 통통하게 쪄버린
세상 삶에서 물든 찌꺼기로 인하여
불필요한 폐기물로 몸을 가득 채워갔다

그것이 몸 안에서
한꺼번에 쏟아져 나오는 것은

부정한 것이요
악한 것이요

추한 것이요
세상 것이므로

오늘 성경말씀 부탁은
인간 스스로 구원에 임하지 못하는 것이므로

'나' 있을 때가 아닌
'나' 없을 때
항상 복종하여

신앙을 가진 자로
경건한 삶을 살아가는
곧, 하나님을 두렵고 떨림으로
너희 구원을 이루라하신다.

(빌립보서 2장 12절 말씀)

흙과 사람

예전에
나는 이렇게 알았다

사람이 어머니 배꼽에서
태어난다고

시간이 흘러
알게 되었다
하나님!

그분이 사람을 만드셨단다
흙으로.

(창세기 3장 19절 말씀)

선한 지혜

하나님은
지혜로 세상을 만드시고
지혜로 사람을 만드시며
지혜로 우리의 삶을 시작하셨다

우리가 그 지혜로 말미암아
하나님의 법도에 따라 살면서
진정 하나님을 향하는 삶인지 생각해 본다

우리가 말로는 무슨 말을 못하고
생각으로는 그 무엇을 못할까?

하지만 심령 깊이 생각하고
또 생각해 보아도

선함이 되시는 하나님의 법을 따르며
정직을 말하고 진리를 말하는 입술
악을 미워하고 하나님을 영화롭게 하는 지혜
이 땅에 살면서 하나님께로 향하는 믿음의 지혜가 아니던가?

(잠언 8장 6-7절 말씀)

생명의 말씀

오늘 묵상 중에
이 말씀을 주심을 감사하며
몇 글자 적어 남기는 것은

하나님과 날마다 사귐은
자신이 날마다 의로움에
가까이 하기 위함이요
영원히 죽지 않고
생명을 얻기 위함일진대

진정 생각해 보는 것은 무엇인가?

행위로 그러한가?
말씀에 따르고 죽으며
진정 그리한가 말이다

나 자신은 물론이요
남들 역시 그러한가?

날마다 예수 때문에 죽고
날마다 예수 때문에 곤욕을 참고
이제껏 견디어 온 것이

비록 낡은 몸이요

침침한 눈이요
마음은 심히 상한 것이로되

그 안에 즐거운 것이 있으니
오직 여호와를 경외하는 마음이라

그 마음이 행위로 약할지라도
그 마음이 남의 눈에 약하게 보일지라도

오직 즐거운 것은
여호와를 위하여 노력하는 마음이요
의로움에 참예하기 위한 마음이요
하나님 앞에 합당한 자가 되기 위한 마음이라

그러므로 오늘 생각해 보는 것은
하나님과 사귐은 천국을 향한 것이기에
어둠을 멀리하고 진리 가운데 행하는 것이
곧 생명의 말씀 참된 행위라.

(요한일서 1장 1-9절 말씀)

정죄와 비판

이 한 세상에 살면서
사람들은 서로 다른 사람에게
손해와 유익을 주기도하고

사람들은
사람을 살리는 사람과
사람으로서 사람을 죽이는 사람들이 있다

사람을 죽이는 것은
살아있는 마음을 죽이는 것을 말하며
육적인 죽음을 말하고
또한 영적인 죽음을 말한다

그것은
서로 이간질하고
남을 비판하는 사람들이다

하나님이 말씀하기를
"가만 두어라"
추수 때까지 기다리는 것이며

정죄하지 말고
"가만 두어라"
하나님의 심판 때까지

길이 참고 기다리는 것이며

하나님께서 말씀하시기를
"용서하라" 하였으므로
그 말씀을 지키는 것이로다.

(누가복음 6장 37절 말씀)

사랑은 율법의 완성

십자가 보혈의 피로
우리를 죄에서 구원해 주신
예수님의 사랑

그리스도인의 삶은
바로 예수님의 사랑으로 이루어진
사람들이 모여 살고 있는 공동체 사람들이다

이 사람들이 그리스도 안에서
오직 사랑의 빚 외에는
어떤 빚도 지지 말아야 할 것이며

잠시 물질적인 빚을 질 수도 있으나
능력이 있으면 곧 갚아야 한다

그러나 사랑의 빚은 다 갚을 수 없으며
갚을수록 더욱 사랑의 빚이 커져만 가기에

사랑은 율법의 완성이며
남을 사랑하는 자는 율법을 다 이룬 것이다.

(로마서 13장 8, 10절 말씀)

주의 장막에 거할 자

우리의 마음이
날마다 죄를 회개하며
하나님의 의를 구하는 기도를 하지만
진정 계속되는 삶 속에서
의로운 사람이 되기에는
참으로 멀도다

주의 장막에 거하고자
이토록 노력하고 애쓰지만
악인의 파멸은 그치지 않아
내 마음이 심히 상하는도다

내 마음에서 진실을 말할 때
속없는 사람이라 비웃을지라도
내 혀로 남의 일에 참소치 아니하고
내 벗에게 행악지 아니하며
내 이웃을 훼방치 아니하는 것은

내가 이미 여호와를 두려워하여
내 마음에 서원하기를
내가 죽을 때까지
주님을 영화롭게 하리라고
약속한 그 서원을 이루기 위하여
오늘도 한걸음 달려가는 길에
내 마음이 심히 상하는도다.

(시편 15편 1-5절 말씀)

선한 일

믿음의 선한 싸움을 싸우라
그리고 영생을 취하라

우리가 부르심을 얻었고
많은 사람들 앞에서
선한 증거를 하였도다

에베소 상업과 공업이
물질로 구제나 선한 사업에 쓰임은
오직 하나님의 사람들을 구원하기 위함이라

그러므로 선한 일을 행하고
선한 사업에 나눠주기를 그치지 말라
이는 장래 참된 생명을 얻게 하기 위함이라.

(디모데전서 6장 18절 말씀)

확실한 것

세상에서 사람이 붙잡는 것 중에
가장 확실한 방법으로 붙잡는 것은
바로 하나님 말씀을 붙잡는 것이다

나는 이미 15세에 이 말씀을 깨닫고
하나님을 믿기 시작했다

지금 내가 뒤돌아보면
비록 어렵고 힘든 세상을 살아왔지만
이 말씀을 지키려고 애쓰던 지난 과거의 생활에서

혼자 고민하며 눈물로 지새운 시간들이
지금까지의 시간들 중에 가장 고귀한 것들이라고
지금 와서 생각해 본다

만약 이러한 고민들이 없었고
또한 하나님을 몰랐다면
세상 삶으로 가득 차 살아가고 있을지도 모르겠다

그러므로 확실한 것
하나님의 영은 내 안에 계셔
지금도 나를 보호하고 계심을 감사드린다.

(히브리서 3장 14절 말씀)

오래 참으심

사람으로 오래 참는다는 것은
얼마나 많은 인내가 필요할까?

하나님은 오래 참으심으로
모두 멸망치 않고 영원한 생명을 주고자
인내하고 계시는 것이나

우리 사람들은
인내의 한계가 있으니
얼마나 더 참아야 하는가?

날마다 악행을 눈앞에 보고도
하나님을 믿는 마음으로 용서하고 또 용서하니
때로는 조롱거리가 되어
내 마음이 심히 상하여 미치는도다

나에게 끝은 없는가?
얼마나 더 인내하고 참아야 하는가?

주의 약속은 더딘 것이 아니라
오직 죄인에 대하여 오래 참으사
아무도 멸망치 않고
다 회개하기를 원하시는 하나님

우리 곁에 도적같이 오셔서
하늘을 불에 태우시며
체질이 불에 풀어지고
새 하늘과 새 땅을 허락하소서!

(베드로후서 3장 9절 말씀)

좋은 것을 취하고

아담한 도시 데살로니가
바울의 결실이 맺어진 교회에서
데살로니가 사람들을 위한 바울의 교훈은

성령의 역사
예언의 역사 가운데서
좋은 것과 나쁜 것을 분별하여
좋은 것은 지키고
악한 것은 멀리하라는
성도의 삶을 교훈하고 있다

세상에서
필요한 것은 배우고 얻되
불필요한 것을 버릴 수 있는 담대함과
하나님께서 보시기에 아름답고 좋은 것으로 가득 채우는 삶
믿음의 사람들이 슬기는 영적인 성령 충만한 삶

범사에 강건함으로
삶의 유익한 것을 취하고
악은 모양이라도 버리는 삶
이것이 바로 영적인 삶이요
하나님께서 기뻐하시는 삶이다.

(데살로니가전서 5장 21절 말씀)

눈은 마음의 등불

눈을 감아도
눈을 뜨고도
온 천하가 움직이고 눈에 보임은
곧 마음에서 우러나는 감성이라

눈을 뜨고 세계를 둘러보고
눈을 감고 세계를 둘러보되
천하를 움직이는 감성이 건강하면

마음의 등불이 건강함이요
육안이 건강함이요
그러므로 온 몸이 밝아지고
영안이 밝음으로 눈은 마음의 등불이라

(마태복음 6장 22-23절 말씀)

저를 아노라 하고

많은 사람들은
저를 아노라 하고
세상 능력 있는 자 앞에서
굴복하며 아첨을 떤다

이런 사람을 보면
내 등골이 오싹하다

세상에 대하여
사람에 대하여
잘 모르는 이유일까?

거짓을 말하는 자
세상 것에 능한 자
말에 대하여 능한 자
얼굴도 두꺼운 자

그들이 아무런 감각 없이
내뱉는 언어가
타인에게는 쓰러지도록
받아들이기 힘든 것이나

많은 사람들은
세상에서 "저를 아노라" 하고

비인간임을 알면서도
자기 목적을 위하여 아첨하며 따르고 있다

그러나 성경에서 말하는 "저를 아노라" 하고
계명을 지키지 아니하는 자에 관하여
말씀하고 있다

세상에서 "저를 아는 자"는 세상 것이요
그러나 성경에서 말하는 "저를 아는 자"
곧 예수 그리스도를 말하는 것이다

그러므로 "저를 아는 자"라 하면
말씀대로 행하는 사람을 말하며
그 속에 진리가 있어 계명을 지키는 자요
하나님의 뜻에 따라 살며 그 사랑 안에 거하여
성도의 교제와 그를 알고 빛 가운데 행함을 말하는 것이다

오늘 이 말씀을 통하여
적어도 신앙의 올바른 양심으로
자신을 온전케 하여 예수님을 닮아가는 생활이
진정 진리가 그 마음속에 거하는 사람이 아닐까?

(요한일서 2장 4-5절 말씀)

세상에 가지고 온 것 없으매

2014년 새해 아침에
하나님께 기도드리는 것은

첫 울음을 터트리며 공중을 향하여
허우적거리면서 태어난 인간
인간은 살면서 울어야 했고
허우적거리는 삶을 그렇게 살아가야만 했다

그런데 천만다행인 것은
복음을 듣고 자신의 원죄가 있다는 것을 알게 되었다

그 후부터는
자신의 죄에 대하여 울고
자신의 구원에 대하여 울며
구원을 이루지 못한 사람들에 대한
영혼 구원을 위하여 울어야만 했다

첫 울음을 터트리며
허우적거리면서 울었던 것이
다시 살면서 그 울음은 반복되었고

허우적거리는 삶에서도
혹독한 경험을 통과해야 만이 되는
어두운 밤을 지내야만 했다

그 훈련을 통과하고 뒤돌아보니

아, 꿈만 같은 인생살이가
잠시 하늘에 지나가는 구름 같았고
헛되고 헛된 인생, 무엇을 가리켜
보라, 이것이 새 것이다 일컬음이 되겠는가?

한 시대가 지나면 또 다시 돌아오는 시대
바로 어젯밤 새해를 맞이하였다

하나님께 드리는 새해 첫 예배에
한 해 동안 자신이 해야 할 기도와 헌신을
하나님께 부탁드리면서 적었다

인생을 서서히 정리하는 나이가 되어가면서
그동안 울면서 허우적거리며 살아온 긴 세월
이제, 무엇을 남기고 이 땅을 떠나갈 것인가?

새해 아침에 사도 바울이 주시는 교훈의 말씀은
"자족하는 마음이 있으면 경건이 큰 이익이 되며
우리가 세상에 아무것도 가지고 온 것이 없으매
또한 아무것도 가지고 가지 못하리니
우리가 먹을 것과 입을 것이 있은즉 족한 줄로 알 것이니라"

빈손으로 출발한 세상을 둘러보니

만물의 피곤함이 말로 다 표현하지 못하고
눈은 세계를 돌아보아도 족함이 없으며
귀는 학자의 말에도 들리지 않음은
이전 세대를 기억함이 없으니
장래 세대도 기억함이 없으리라

그러므로 우리가
세상에 가지고 온 것 없으매
아무것도 가지고 가지 못하는 것

세상 마음을 비우고 하나님 마음으로 가득 채워
한 해를 시작하는 것이
하나님을 향한 올바른 마음이 아니런가?

(디모데전서 6장 6-8절 말씀)

천사와 같은 얼굴

일평생 살아온 삶
자신의 얼굴에 나타납니다

어떤 이는 늙어서도 아름답고
어떤 이는 늙어서 더욱 추하나
예수 믿고 변화된 얼굴
빛나는 성도의 얼굴입니다

은혜스러운 얼굴
성령 충만한 얼굴
스데반처럼 빛나는 얼굴
기쁨이 가득한 얼굴이었습니다

그래서 사람들은
스데반을 주목하여 보니
그 얼굴이 천사의 얼굴과 같더라고 말했습니다
오늘 자신의 얼굴은 어떠하신지요?

(사도행전 6장 15절 말씀)

한 법안에 두 마음

내가 원치 아니하여도
원치 않은 악이 내 안에 있어
나를 사로잡는도다

내 속 사람은 하나님을 원하되
또 다른 법이 내 지체 속에서
다른 법과 싸우는 것은

구원과 영생의 길이기 때문이요
십자가의 대속의 은혜의 길이기 때문이요
의롭다 함을 얻은 승리의 길이기 때문이라

이제 한 법안에 두 마음을 깨달았으니
곧 선을 행하기 원하는 나에게
악이 항상 함께 있는 것이로다.

(로마서 7장 21절 말씀)

이 시기를 알거니와

만물의 마지막이 가까웠으니
종말이 가까운 소망 안에서
낙담하지 말고 준비할 것은

기도와 사랑으로 서로를 돌아보며
사랑으로 용서하고 대접함은
이미 몸으로 실천해 주신
그리스도의 십자가의 가르침이라

무엇보다도
우리가 서로 열심히
사랑할 수 있는 것은
사랑은 허다한 죄를
덮어주는 능력이기 때문이라

이제 밤이 깊고
낮이 가까웠음으로
우리가 이 시기를 알고
구원이 처음 믿을 때보다
더욱 가까웠음이니라.

(로마서 13장 11절 말씀)

불의한 마음

하나님이 지으신 세상
에덴동산은 아름다웠고
하나님 보시기에 좋았더라

불의한 마음을 가진 자
에덴에서 쫓겨난 부부
살인자 가인의 쫓겨남이

오늘에까지 내려온 세상
뇌물을 받고 재판하며
악인을 의로운 사람이라 하고
의인을 악하다 하는 사람들

이러한 사람이 불의한 사람이요
두 마음을 품은 사람일진대
여호와의 미워하심을 입는 자들이라.

(잠언 17장 15절 말씀)

마음이 청결한 자

세상에 살아가는 사람들
천 가지 만 가지 사람들
그 사람 마음을 어찌 알랴

다만 사람으로 태어나
이 한 세상 살아갈 때
하나님께서 원하시는 마음

청결한 마음
신앙으로 올바른 마음
어린 아이와 같이 단순한 마음

외식하는 두 마음이 없는 자
하나님을 향하여 마음이 있는 자
이 마음은 하나님께서 칭찬하실 마음이라.

(마태복음 5장 8절 말씀)

죄에서 구원할 자

동정녀 마리아
그녀의 아들은
매우 특별한 아기

만민의 속죄를 위하여
이 세상에 오신 한 아기

그 이름 예수
십자가 예수
죄에서 구원할 자 예수!

아기 예수가
이 땅에 오신 날
구원자 예수가 탄생한 날.

(마태복음 1장 21절 말씀)

모든 눈물을 씻기시매

창세기는 시작이요
요한계시록은 마침이라

창세기는 아담과 하와요
요한계시록은 요한이라

처음과 나중되신
스스로 계신 자 앞에
우리가 간곡히 기도드리는 것은
장차 오실 이여, 속히 오소서!

이 땅 위에 모든 눈물을 씻기시고
사망이나 애통이나 곡하는 것이나
아픈 것이 없이 다 지나가게 하소서!

알파와 오메가요
이제도 계시고 전에도 계신 이여
새 예루살렘으로 속히 우리를 인도하소서!

(요한계시록 21장 4절 말씀)

함께 수고하는 자

사랑하는 자여
영혼이 잘됨 같이
범사에 강건하여
신실하기를 원하노라

나그네 된 자들에게 신실함은
하나님 사랑의 증거이며
십자가 사랑을 전하기 위함이라

악한 것을 본받지 말고
선한 것을 본받을 것은
선은 하나님께 속하나
악은 그렇지 않음이여!

우리가 선한 전도자를
영접하는 것이 마땅함은
함께 진리를 위하여
수고하는 자가 되게 함이라.

(요한삼서 1장 8절 말씀)

죽어서도 욕먹을 이름이여

죽어서도 존경받는 이름이여
죽어서도 사랑받는 이름이여
죽어서도 희생하는 이름이여

그 이름 속에 지옥과 천국이 있음이여,

이 땅에
죽어서도 욕먹을 이름이여
타락한 제사장

그대의 이름은?

(말라기 1장 6절 말씀)

자기 소유를 살펴보라

하나님을 섬김은
예나 지금이나 모두
세상일에 우선을 두고 급하다

성전 재건을 앞두고
중단을 결심한 백성들
적에게 당할 위험과 두려움 때문이라

하나님을 공경치 않음은
풍성한 은혜를 받지 못함이여
먼저 하나님을 섬김이 노동의 복이라

그러므로 자기의 행위와 결과로
앞으로 닥쳐올 재앙을 생각해보고
자기 소유를 살펴보라.

(학개 1장 7절 말씀)

그 날이여

금식하고 성별하는
그 날이여!

밤을 지새우는 통곡소리
황폐한 땅을 휩쓸고 갈 때

옷을 찢지 말고 마음을 찢어
여호와께 돌아올지어다

오호라, 그 날이여!
여호와의 날이 가까웠느니라.

(요엘 1장 15절 말씀)

에스더의 용기

유다인의 모르드개
저는 베냐민 자손이니
야일의 아들이라

삼촌의 딸 에스더
부모가 없고 용모가 곱고
아리따운 처녀를 모르드개가
자기 딸같이 양육하였더라

왕 앞에 은총을 입어
왕후를 삼은 후 잔치를 베풀고
왕이 이르되 왕후 에스더여!
그대의 소원이 무엇이며 요구가 무엇이뇨?
나라의 절반이라도 그대에게 주겠노라!

왕이 내 소청을 허락하시면
왕과 하만을 위하여 베푸는 잔치에 나아오소서

유다인을 멸하려고 쓴 조서를 취소하소서
모르드개 삼촌의 보살핌으로 자란 에스더
이 둘의 승리가 결국 유다인들에게 살길을 얻었다.

(에스더 2장 7절 말씀)

어디 계시나이까

하나님과 동행했던 애녹
죽음을 맛보지 않은 엘리야
불수레와 불말 회오리바람 타고
하늘로 떠난 엘리야

땅에 남겨둔 엘리사
슬퍼 옷을 잡아 돌에 찢고
엘리야 겉옷을 물에 치며
엘리야의 하나님 어디 계시나이까

이곳에 계시나이까
저곳에 계시나이까
물 아래 계시나이까
물 위에 계시나이까

여기 나와 함께 계시나이까
어디에 계시나이까?

물이 이리 저리 갈라지니
여호와가 이곳에 계심이여
내가 믿고 건너리로다.

(열왕기하 2장 14절 말씀)

정금같이 나오리라

전 세계를 향하여
평화를 외치는 화해의 지도자
투쟁가 자유의 화해자인
넬슨 롤리랄라 만델라(Nelson Rolihlahla Mandela)
대통령이 향연 95세로 타계하였습니다

그는 1918년 7월18일에 태어나
2013년 12월 5일에 세상을 떠나
남아프리카 공화국에서 평등 선거 최초 대통령이었습니다

아프리카 민족회의(ANC)의 지도자
반 아파르헤이트 운동(남아공 옛 백인정권의 인종 차별)에
맞선 투쟁을 하였습니다

국가의 반역죄로 체포되어 종신형을 선고 받았으나
26년 만인 1990년 2월11일에 출소하여
1994년 4월27일 실시된 선거에서 62%를 득표하여
5월 27일 남아프리카 공화국 최초의 흑인 대통령으로 취임하였습니다

진실과 화해위원회(TRC)를 결성하여
과거사 청산을 실시하고 인종차별 비리를 파헤치는
국가적 손실을 탄압하는 자에게 기회를 주고 사면의 길을 허락했습니다

뉴욕 타임즈가 뽑은 20세기 최고의 책에 선정된

"자유를 향한 긴 여정"이 있습니다.
고인이 95세로 타계한 12월 5일 2013년
많은 세계정상들이(반기문, 오바마, 부시, 카터, 클린턴 부부, 영국, 프랑스 독일) 참석하여 가족과 고인이 떠나는 길에 참여했습니다

세상에 태어나 가시밭길을 걸어온 긴 생애를 마감하면서
그는 진정 감리교 신자로서 하나님의 사랑과 평화를 외치다가
떠난 사람이기에 이 땅에서도 좋은 기억으로 남아있는 사람이요
천국 잔치에서도 기뻐했을 것입니다

전 세계를 향하여 평화를 외치던 넬슨 롤리랄라 만델라
비록 그가 떠남은 슬프나 진정 슬프지 않은 것은
그가 가는 길에 하나님이 계심이요
이 땅에서 그 이름이 후대까지 남김으로써
역사의 한편에 자리잡고 있음으로
우리는 그를 하나님의 사람으로 존경합니다

"나의 가는 길은 오직 그가 아시나니
그가 나를 단련하신 후에는 내가 정금같이 나오리라"(욥 23:10).

감리교 신자로서 이 말씀대로 정금같이 나와
세상에 신앙의 빛을 남기시고 떠나셨습니다.

(욥기 23장 10절 말씀)

자신을 지키며

믿음의 도를 위하여
힘써 싸우는 성도여
자신을 지켜라

거짓 교사
처소를 떠난 자
흑암에 있는 자
이성 없는 짐승이요
배교자 가인이요 발람이라

은혜와 말씀을 왜곡하고
교회를 문란케 하며
성도를 타락시키는
고라의 불법 패역이니
탕자들의 행실을 금할지니라

사랑하는 자여
바다의 물결을 헤치고
믿음을 위해 선한 것을 본받으며
자신을 지키는 영적 전쟁에서
힘써 싸워 영생을 기다리라.

(유다서 1장 21절 말씀)

다시 고칠 수 없고

오래전
엘고스 사람 나훔은
니느웨 사악함과 우상숭배를 보았다

교만함과 탈취의 세력들 앞에
하나님께서 큰 은혜를 베풀어
많이 받은 자에게 많이 찾고
많이 맡은 자에게 많이 달라함은
행여, 심판을 멈추게 할까 하노라

의로우신 하나님
노하시기를 더디 하시나
하나님은 순종하는 자에게 은총을 베푸시고
대적하는 자에게 진멸하시므로
결국, 니느웨는 멸망이 선포되었다

그러므로 이미 다친 것은 고칠 수 없고
상처가 중함으로 소식을 듣는 자마다
이 일로 인하여 손뼉을 칠 것이며

오래전 이 악행을 받지 않은 자가 없음이니
보복하시는 하나님이 진노를 품으시고
이 일을 기억하여 니느웨를 치셨도다
니느웨는 벌을 받았도다.

(나훔 3장 19절 말씀)

나무더러 깨라

물이 바다를 덮음같이
구원의 하나님을 인하여
나는 오늘도 기뻐할 것이라

비록 사람의 마음은 교만하여
그 속은 정직하지 못하나
의인은 믿음으로 살고 죽나니

우상 앞에 기도하는 자
생명이 없는 거짓 우상
온 천하는 하늘 보좌 앞에서 잠잠할진대

나무더러 깨라
말 못하는 돌더러 일어나라
그것이 어디 사람에게 교훈을 베풀겠는가

보라, 이는 금과 은으로 입힌 것인즉
그 속에는 생기가 없는 빈 껍질뿐이니라.

(하바국 2장 19절 말씀)

온전한 상

세상에서도 사람 앞에 상을 받기 위하여
사람들은 평생을 노력하고 연구한다

그런데 사람을 만드신 창조자 하나님 앞에
상을 받기 위하여 우리는 얼마나 노력하고 애써왔는가?

오늘 요한 이서를 통하여 생각하는 것은
참 진리를 지키며 선 줄로 생각하는 자는
넘어질까 조심하고 진리 안에 거하여
거짓 교사들을 멀리하는 것이다

이제껏 고생하고 지켜온 자신의 신념과
올바른 신앙관을 벗어나지 않고
고생한 일을 잃지 말며
오직 하나님께 바라는 온전한 상

그 상을 받기 위하여
그때까지 길이 참고 기다릴 것이라.

(요한2서 1장 8절 말씀)

오호라, 어찌하여

오호라, 사자로구나
큰 원수를 피하였으니
잠시 쉬어가자

오호라, 다른 대적 곰이로구나
대적을 피하였으니
잠시 쉬어가자

오호라, 뱀이로구나
안전을 구해 보지만
기다리는 것은 모두 원수로구나.

(아모스 5장 19절 말씀)

바위틈에 거하는 자여

에돔이여 회개하라
바위틈에 거하는 자여 회개하라
너의 중심이 잔인함으로
그 잔인함이 너를 속였도다

네가 어찌 그리 망하였는고
에서가 어찌 수탐이 되었는고
너의 행한 대로 너도 받을 것인즉
남은 자가 하나도 없으리로다

바위틈에 거하며 높은 곳에 사는 자여
땅에 끌어내리겠느냐 하니
너의 중심의 교만이 너를 속였도다.

(오바댜 1장 3절 말씀)

179

아비의 마음

전달자,
여호와의 전달자는 말한다

예나 지금이나 사람의 마음
부패된 마음은 여전한지라

타락한 제사장들과 백성들
하나님의 선민이라는 그릇된
특권 의식에 빠져 있는 백성들에게
말라기는 하나님의 심판의 메시지를 전한다

세상 죄를 지고 가는 어린 양
세례 요한을 통하여 이루어질 것이며
주의 길을 예비할 사자가 올 것을 예언하는 말라기이다

그날에
여호와의 크고 두려운 날에
세례 요한을 보내리니
옛적에 조상들의 경건한 신앙으로
아비의 마음을 자녀에게 돌이키게 하고
자녀들의 마음을 아비에게로 돌이키게 하리라.

(말라기 4장 5-6절 말씀)

결국 죽음

사랑의 하나님
한계를 느끼신 하나님

이제 남은 것
행위대로 받을 심판이라

전쟁과 기근이며
예루살렘 거민들의 고통은

네가 먹으나 배부르지 못하고
감추나 보존되지 못함은
추수하지 못함과 같으니

공의로우신 하나님이
필히 징계하심으로
징계를 통한 연단은
결국 죽음이라.

(미가 6장 14절 말씀)

그 백성된 자

하나님이 바사 왕
고레스 마음을 감동시키니
저가 유다 예루살렘 건축을
시작하기로 결심하여

귀환 길에 오른 포로들에게
이스라엘 하나님은 참 신이라
너희 중에 무릇 그 백성된 자는
다 유다 예루살렘으로 올라가서
거기 있는 여호와의 전을 건축하라
너희 하나님이 함께 하시기를 원하노라

이에 백성들이 모두 함께
여행을 위한 준비를 하고
은그릇과 황금과 짐승과 보물로
예물을 즐거이 드렸더니

금 · 은기명이 도합 오천사백이며
세스바살이 그 기명들을 다 가지고 왔더라

하나님이 이스라엘 백성을 70년 동안의 포로에서
다시 약속의 땅으로 귀환시키겠다고 하신 약속을
어떻게 지키시는가를 보여줌으로
잡혀간 포로들이 귀환 길에 오르고

귀환한 포로들이 예루살렘 성전 건축을 시작한다

그 백성된 자
바로 하나님의 백성된 자
하나님의 풍성한 약속이 성취되기를 기다리고 있다.

(에스라 1장 3절 말씀)

노래 중의 노래

(1)
노래 중의 노래
솔로몬의 아가라
나를 뽑으시고 사랑하여
내가 그 안에 속하였고
그가 나를 사랑하시는구나!

그가 나를 칭하기를
나는 사론의 수선화요
골짜기의 백합이요
가시나무 가운데 장미로구나!

(2)
내가 성장함으로 사랑하고
그 신실한 사랑을 성취하여
이제 사모하게 되었구나!

내가 사랑함으로 병이 났으니
건포도로 내 힘을 돕고
사과로 나를 시원케 하라!

너무나 큰 이 사랑을
홍수라도 또는 가산으로도
이 사랑과는 바꿀 수 없으리라!

이 사랑, 바로 이 사랑
하나님의 신부요
그리스도의 신부라!

인같이 마음에 품고
도장같이 팔에 두는 것은
하나님이 이스라엘을 사랑함이요
교회에 대한 그리스도의 사랑이니라.

(아가서 7장 10절, 8장 7절 말씀)

하나님을 의뢰함

사자 굴에 있는 다니엘
밤새도록 금식한
다리오 왕

아침이 되어 왕이 찾아간 사자굴
슬피 소리 질러 가로되
하나님이 사자에게서 너를 구원하셨느냐?

왕의 음성을 들은 다니엘이 말하되
살아계시는 하나님이 나의 무죄함을 보시고
천사를 보내어 사자들의 입을 봉하였나이다

금식했던 왕이 심히 기뻐하고
굴에서 올려온 다니엘 몸이 상하지 않음은
다니엘이 믿는 하나님을 의뢰함이었더라!

오늘 우리에게도
다니엘처럼 신실한 믿음을 지켜
생활 속에서 자신의 믿음을 팔아버리는
비양심적인 신앙인이 없기를 기도하나이다.

(다니엘 6장 29절 말씀)

여호와의 도

하나님의 백성
영원한 생명의 길

하나님 앞에서
의를 행할 때 영생이요
악을 행할 때 멸망이라

하나님의 언약은
우리의 관계를 잊지 않고
충실히 행하는 자에게 주실 것은
지혜와 지식의 깨달음이라

고지식하고 바른 자
지혜의 길을 따르는 자
총명과 정직한 자

이러한 자들은 의인의 도를 행하나
죄인은 그 도에 넘어지리라.

(호세아 14장 9절 말씀)

여호와가 지키심

여호와의 언약궤
여호와의 이름을 두시려고
택하신 곳

구름이 회막에 덮히고
여호와의 영광이 성막위에
가득함이여, 충만함이여!

낮에는 구름 기둥
밤에는 불기둥
이스라엘 백성이 친히 보았더라.

(레위기 40장 38절 말씀)

이제는 북방 땅

오, 시온아!
바벨론의 딸과 함께 사는 너 시온아!
피할지어다

회복될 예루살렘
하나님의 예언이 성취될 예언
큰 고망이 가득함이여!

하늘 사방으로
바람같이 흩어지게 하였으나

이제는 북방 땅!
바벨론에서 도망할지어다.

(스가랴 2장 6절 말씀)

심는 대로 거둔다

육적인 일이나
영적인 일이나
가정의 일이나
이 세상일이나

그 모든 일
사람이 하는 일

콩 심은데 콩이 나고
팥 심은데 팥이 나니
심는 대로 거둔다

자기의 육체를 심는 자는
썩어질 육체를 거두고

땅위에 심어서 영원한 것
성령으로부터 영생을 거두리니
바로 성령을 심을 자니라.

(갈라디아서 6장 8절 말씀)

내 아들 솔로몬아!

모든 어미의 마음
모든 아비의 마음
오늘은 다윗의 마음

내 아들 솔로몬아!
하나님을 아는 일이
지식의 근본이거늘

하나님께 대한 신뢰와
마음과 정성을 다하여
하나님 섬기기를 게을리하지 말라

너는 아비의 하나님을 믿고
온전한 마음과 기쁜 뜻으로
강하고 담대하게 나아갈지어다

내 아들 솔로몬아!
여호와께서는 마음을 감찰하사
그 속에 있는 사람의 마음을 아시나니

네가 하나님을 찾으면 만날 것이요
버리면 하나님이 너를 영원히 버리시므로
너를 뽑으신 하나님을 찾고 힘써 행하라.

(역대상 28장 9절 말씀)

악을 떠남이 명철함

은은 광이 나고
연단하는 금은 나는 곳이 있으며
철은 흙에서 취하고
동은 돌에서 녹여 얻느니라

그러나 지혜는 어디서 얻으며
명철을 얻는 곳은 어디인고?
이 땅을 찾아보니 찾을 수 없구나!

깊은 바다에도
넓은 땅에도 있지 아니하도다

그런즉 귀하고 귀한 지혜는 어디서 오며
명철의 곳은 어디인고?

생물의 눈에 숨겨졌고
공중의 새에게 가려졌으며
멸망도 사망도 소문을 들었다고 하나

오직 아시는 이는 하나님이시니
땅 끝까지 감찰하여 천하를 둘러보사
바람의 경중과 물의 분량을 정하시고

비를 위하여 명령하며

우뢰의 번개를 위하여 길을 정하셨도다

그때에 지혜를 보시고 선포하시며
굳게 세우시어 사람에게 이르시기를
주를 경외함이 곧 지혜요
악을 떠남이 명철이라 하셨느니라.

(욥기 28장 28절 말씀)

아름다운 것을 지키라

믿음과 사랑
그리스도를 믿는 신앙
사람에 대한 사랑
바로 예수 그리스도의 본질인 사랑이라

청결한 양심으로
밤낮 간구하는 기도

눈물 흘리며 씨를 뿌리고
기쁨의 단을 거두기 위하여
부끄러워하지 않음은
오직 하나님의 능력을 쫓아
복음과 함께 고난에 참예하는 것이라

그러므로 믿음과 사랑으로써
올바른 복음의 진리를 가지고
썩지 아니할 영원한 생명
우리 안에 거하시는 성령으로 말미암아
네게 부탁한 아름다운 것을 지키라.

(디모데후서 1장 13-14절 말씀)

금이 빛을 잃고

슬프다 예루살렘이여
본래는 거만이 많더니
어찌 그리 적막히 앉았는고

정금이 변하였으며
성소의 돌이
각 거리 머리에 쏟아졌고

공주 되었던 자가
조공 드리는 자되어
밤새도록 애곡하니
눈물이 뺨에 흐름이여

처녀 백성의 파멸로 인하여
눈에 눈물이 폭포처럼 흐르니

하늘에서 살피시고
돌아보기를 기다리는도다.

(예레미아애가 4장 1절 말씀)

약속하신 생명의 면류관

하나님을 사랑하는 자
그는 두렵고 떨림으로
구원에 임할 것이며

시험을 받을 때에
시험을 받는다 하지 말고
오히려 축복이 임한다 할지니
하나님은 시험을 하지 아니하시기에

오직 시험을 받는 것은
자기 욕심에 끌려 미혹된 것이요
욕심이 잉태하여 죄를 낳고
죄가 장성한 즉 사망을 낳으니

그러므로 시험을 참는 자는
그 시험이 옳다 인정받은 후에
하나님께서 사랑하는 자들에게
생명의 면류관을 주실 것이라.

(야고보서 1장 12절 말씀)

풀은 마르고 꽃은 시드나

사계절!
봄, 여름, 가을, 겨울!

겨우내 잠자던 진흙을 열고
파란 하늘로 솟아오르는 새싹들
뜨거운 태양과 시름을 하고
가을 열매를 맺은 후에
다음 해를 위하여 잠을 잔다

인생 또한
그러하지 아니한가?

이 세상 무엇을 가리켜
영원하다 하겠는가?

풀은 마르고
꽃은 시드나
오직 한 가지
하나님의 말씀은 영영히 서리라.

(이사야 40장 8절 말씀)

참으로 너를 도와 주리라

섬들아 내 앞에 잠잠하라
민족들아 힘을 새롭게하라
가까이 나아오라 그리하고 말하라
우리가 가까이하여 서로 변론하자

태초부터 만대를 명정하신
처음이요 나중 있을 자
섬들이 놀라고
땅들이 무서워 떨지라도

우리가 두렵지 않음은 하나님이 계심이요
놀라지 않음은 내 하나님이 됨이요
주의 의로운 손으로 붙드는 것이기 때문이라

옛적에도 계시고
현재도 계신 하나님
우리와 함께 계시고
보이지 않는 곳에서 우리와 다투는 자들이
두려워하여 되돌아가게 하소서.

(이사야 41장 10절 말씀)

주 안에 굳게 선 즉

주 안에 거하여
주님께서 주신 평안으로
날마다 이 세상을 향하여
달려나감이 사명일진대

더 이상 버틸 수 없어
지쳐 쓰러져버린 육신을 붙잡고
잠시 하늘을 스쳐 지나는 구름같이
그 꿈을 이루기 위해 견디어 온 긴 세월!

모든 궁핍과 환난 가운데서
오직 믿음으로 말미암아 위로를 받는 것은
앞으로 다가오는 세월 앞에
주 안에 굳게 서서 그래도 살리라.

(데살로니가전서 3장 7-8절 말씀)

나의 교훈은 내리는 비요

하늘이여
땅이여
인생들이여
여호와의 말씀을 들을지어다

여호와의 교훈의 말씀은
풀잎에 맺히는 이슬이요
연한 풀 위에 내리는 가랑비요
마른 채소위에 단비로다

하늘이여
땅이여
온 세계 백성들이여
여호와 교훈은 내리는 비요
그 말씀에 귀를 기울일지어다.

(신명기 32장 1-2절 말씀)

머리 둘 곳 없는 이여

들로, 바다로, 산으로
때마다, 계절마다
머리 둘 곳 없는 이여

비가 오나, 눈이 오나, 바람이 부나
비유의 말씀으로 복음 전하며

주린 자 먹이시고
목마른 자 마시게 하며
아픈 자 고치신 이여

비난받고
희롱당했던
골고다 언덕 십자가의 피는

하나님의 언약
백성의 왕
그 이름 십자가 예수로다.

(마태복음 27장 42절 말씀)

대답할 수 있게

아들아!
주 예수 그리스도로 말미암아
우리가 은혜를 입었으니
너는 지혜를 얻고
예수 그리스도의 마음을 기쁘게 하라

너를 위하여
긍휼에 풍성하신 하나님이
큰 사랑으로 허다한 죄를 덮고
은혜 가운데 너를 구원해 주심이라

너로 인하여
하나님을 비방하는 자들에게
내가 대답할 수 있게

변명하지 말고
진정 회개하며
두렵고 떨림으로
그리 행하라

꼭 내가 대답할 수 있게
그리 행하기를 기도하노라!

(잠언 28장 11절 말씀)

고난 받는 선행

오직 주님의 마음을 생각하는 사람
진실한 마음으로 하나님 앞에 다가가는 사람
두려운 마음으로 하나님 앞에 걸어가는 사람
선한 양심을 가지고 노력하는 사람은
예수 그리스도 안에서 진정 하나님을 위한 사람이라

그러나 때로는 넘어지고 세상 삶에 지칠 때
선행을 욕하는 자들이 비방하여 부끄럼을 주되
그것은 헛되이 지나는 세상살이 한 과정으로

믿음의 사람들이여
선한 일에 부끄러움을 당하여도
고난 받는 것이 하나님의 뜻일진대
악을 행함으로 고난받는 것보다 나음이니

그러므로 선한 양심을 가지고
주의 영광에 이르는 첩경이 되라.

(베드로전서 3장 16-17절 말씀)

예수의 흔적

예수 그리스도의 은혜
측량할 수 없는 은혜
성령으로 하나된 우리

세상에서는 부유하나
영적 거지 그리스도인
성령을 근심케 하고
사람을 근심케 하는 자

구속의 그날까지
예수의 흔적을 가진 몸
스스로 지켜야 하는 성령의 전

날마다 찬송과 영광을 하나님께 드리며
선한 일을 생각하고 은혜를 생각하는 자
하나님의 축복과 은혜가 넘치는 복된 자
바로, 부요한 영적 그리스도인이라.

(에베소서 4장 30절 말씀)

온유한 심령

온유한 심령
하나님 은혜에 대한
인간의 충성과 목적은

죄를 범한 형제를 바로잡고
자신을 돌아보는 심령 가운데
악한 시험을 받을까 항상 조심하라

악령에 사로잡힌 자 위해 기도하며
스스로 자신을 속임은 하나님을 속임이니
각각 자기의 일을 살피라

그러므로 형제를 사랑하고 권면하되
믿음에 가정들에게 더욱 그리할진대
이는 그리스도 십자가 은혜인지라.

(갈라디아서 6장 1-6절 말씀)

악한 마음과 새 마음

나의 반석이시오 나의 구속자여
악한 마음 내 입의 말과 행동을
온전히 살피는 하루가 되게 하소서

깨닫는 마음의 눈과 귀를 주시고
무지함과 굳어지는 마음을
하나님 말씀을 통한 생명의 마음으로 고치옵소서

하나님의 말씀으로 마음이 부드러워지고
교만이 무너져서 예수님의 사랑을 알게 하소서

새 생명과 깨닫는 영을 주시옵고
인생들이 악을 행하는 데에 대담하지 않게 하소서.

(전도서 8장 11절 말씀)

죄와 싸우되

아직 살아있다
내 몸은 만신창이 되었고
내 정신 또한 만신창이가 되었다

머리도 고장나고
어깨도 고장나고
허리도 고장나고
마음도 고장났다

앞으로 어떻게 내 몸을 사용할까?

하나님만 보고 살아야 하는 나
이제 나이도 들어가고
힘이 약해졌다

용기도 예전보다 없고
지금은 싸울 기운도 없다

죄와 싸우되
아직 피 흘리기까지 대항치 아니했으니
나는 아직 피는 흘리지 않았다
예수님처럼.

(히브리서 12장 4절 말씀)

오늘은 주일날

오늘은 주일날
하나님이 택하신 백성이
예배드리는 주일날이다.

하늘나라 백성이
이 땅에서 사는 동안
택한 백성으로서
하나님께 긍지와 자부심을 가지는가?

세상에 살다가
주일 하루만 하나님께 예배드리고
나머지 하나님을 잊고 지내는 사람

많다, 참으로 많다
내가 이제 보니 심히 많다

하여, 나는 이 일을 기억하고
날마다 주님과 동행하기 위하여
온갖 애를 쓴다

세상에서는 무익하나
먼저 나를 택하시고 세우셨으니
가서 과실을 맺고
과실이 항상 있게 하여

하나님께 구하면
다 받게 하신다고 하셨으니

나는 그 말씀을 믿고
하나님께 구하여 기도드리기를
모든 것을 아시오매 그리 응답하소서!

(요한복음 15장 16절 말씀)

불쌍히 여기며

인간의 용서가
어찌 하나님이 우리를 용서하심과 같으랴

하지만
우리가 하나님의 은혜를 받아
그 은혜로 용서를 하면
하나님이 우리에게 용서하심과 같지 않겠는가

온정이 있는 행동으로
실천하는 미덕으로
친절을 베풀고 불쌍히 여기어

하나님이 우리에게 베푸신
십자가의 용서를

이제
하나님 형상에 따라 지음 받은 우리가
마땅히 해야 하는 일이 아니던가

그러나 때로는.

(에베소서 4장 32절 말씀)

지혜를 얻는 자

여호와를 경외하는 것은
지혜의 근본이요

지혜와 명철로
땅과 하늘을 지으셨도다

지혜는 은을 얻는 것보다 낫고
정금보다 더 귀한 것이라

진주보다 귀한 지혜를
이 땅에서 무엇과 비교하랴

지혜를 얻는 자와
명철을 얻는 자는 복이 있나니

오른손에는 장수요
왼손에는 부귀라

그러므로 그 길은 즐거운 길이요
평강의 길이며 생명나무이리라.

(잠언 3장 13절 말씀)

향기로운 제물

이 한 세상 살아가면서
좋고 나쁜 일

나쁜 일은 쓰레기통에 버리고
좋은 일은 마음속에 담자

나쁜 일이 생각나거든
마음속에 담아둔 사랑을 꺼내어 보자

잠시라도 마음의 평화와 안정이 되어
또 하루를 잘 살아가지 않을까?

내일 다시 그러한 마음이 오거든
다시 반복하여 마음을 가다듬고

그리스도께서 우리를 사랑하신 것같이
우리도 사랑 가운데서 덮어주자

자신을 버리신 크신 사랑
이 땅에 살면서 우리 그렇게 노력하자
죄를 용서 받은 우리가.

(에베소서 5장 2절 말씀)

화평을 미워하는 자

세상을 좋아하고
세상 학식을 좋아하며
말로 사로잡는 궤사한 언어
거짓된 입술과 날카로운 혀
무엇으로 네게 주며
무엇으로 네게 더 할꼬

악인을 보고 하나님이 비웃음이여
그 형벌을 견디지 못함이여

야벳의 아들 메섹
게달의 후손 이방인이여
잔인한 장사의 날카로운 살과
로뎀나무 숯불이리로다

고통과 징벌을 즐기는 자여
화평을 미워하고
거짓을 숨기는 자

내가 화평을 원할지라도
내가 말할 때에 저가 나와 함께 싸우는도다
심히 싸우는도다.

(시편 120편 1-7절 말씀)

해와 달과 별들아

온 천지 만물들아
창조된 피조물들아
여화와를 경배할지어다

하늘의 하늘도
해와 달과 별들아
여호와를 찬양할지어다

하늘과 땅들아
하늘위에 있는 물도
여호와께 영광을 돌릴지어다.

여호와의 이름을 찬양할 것은
저가 명하시매 우리가 지음을 받았음이로다.

(시편 148편 1-5절 말씀)

마음을 다하여

마음을 다하여
주께 순종하고
주께 봉사하라

마음을 다하여
주를 구하고
주의 앞에 행하라

마음을 다하여
주를 찬양하고
주를 따르라

마음을 다하여
주를 사랑하고
주를 신뢰하라

마음을 다하고
목숨을 다하여
열심을 내어 주의 뜻이
무엇인지 생각하라.

(마가복음 12장 30절 말씀)

근면한 사역자

근면한 사역자는
인격이 구비되고
자제력이 결핍되지 않은 사람

하나님께 순종하며 겸손한 사람
잃은 자를 찾는 사람

사역의 욕구가 넘쳐흐르는 사람
주님께 봉사하기를 항상 힘쓰는 사람
헌신의 기회를 놓치지 않는 사람

사방으로 동분서주하여
복음을 전하는 사람
때를 얻든지 못 얻든지
말씀을 선포하는 사람

복음전파 일거리를 찾아 헤매는 사람
복음 전파 일거리가 눈앞에 보이는 사람
추수밭을 그냥 지나치지 않는 사람

목적지에 가는 도중 계속 첨가하며
중단하지 아니하는 사람
악하고 게으른 종에서 유익한 종이 되어
지속적으로 전진하는 사람

근면한 사역자
내 아버지께서 지금까지 일하시니
나도 일한다.

(요한복음 5장 17절 말씀)

미련한 사람과 현숙한 사람

미련한 사람은
불난 집에 부채질 하는 사람
남의 가정사에 코 내미는 사람
두루두루 다니며 험담하는 사람

교만하여 다툼을 일으키는 사람
스스로 속이고 미련한 것을 전하고
악에서 떠나기를 싫어하는 사람

지혜와 훈계를 멸시하고
미련한 것을 거듭 행하는 참소하는 사람

미련한 사람은
보아도 보지 못하며
들어도 듣지 못하며
깨닫지도 못하는 사람인지라

현숙한 사람은
선을 행하고 악을 행치 아니하는 사람

부지런하여 힘 있게 허리를 묶고
자기 팔을 강하게 하는 사람

등불을 끄지 아니하며

곤고한 자에게 손을 펴고
궁핍한 자를 돌보는 사람

현숙한 사람은
오직 여호와를 경외하며
모든 사람보다 뛰어난 사람인지라

(잠언 21장 10절 말씀)

몸에 이로운 보약의 열매

입에서는 쓰나 몸에서는 보약
사랑의 징계를 받는 그 순간
마음에 쓰라린 고통이 오지만
생각하고 인내로 견디면
평강의 열매 천국 보약이라

인내의 연단을 맞이하면
하나님 말씀으로 교훈 받고
성령의 인도하심을 받아
성숙한 사랑, 평강의 열매
아홉 가지 보약의 열매
사랑, 희락, 화평,
오래 참음, 자비, 양선, 충성, 온유, 절제라

십자가 의를 위하여
고난의 삶 다시 맞이하거든
마비된 무릎을 세워
독수리 날개 비상하듯
천성을 향하여 믿음을 비상하는 것이라

세상 삶속에 불완전한 믿음
유혹되어 넘어지는 쇠한 기력
만신창이 절뚝발이 죄악의 세력
날마다 대항하여 싸워야하는 믿음의 용사는

성화의 단계를 이루고자 온전한 구원의 길을 향하여
곧은 길, 외로운 길 오늘도 향하노라.

(히브리서 12장 11절-13절 말씀)

그리스도의 향기

그리스도의 향기
그리스도인의 냄새
곧 천국을 향하여 애쓰는 성도들이여

이렇게 만드신 하나님께 감사함이요
이렇게 만드신 십자가에 감사함이라

세상에서 망하는 자들이나
세상에서 흥하는 자들이나
세상에서 구원을 얻은 자들이나
이 모두가 하나님 앞에서 그리스도의 향기라

한 사람에게는 사망에 이르는 냄새요
또 한사람에게는 생명의 길에 이르는 냄새일진대
이 세상 그 누가 이 일을 감당하리이까?

그러므로 오직
하나님 말씀은 혼잡치 아니하고
하늘을 향하여 순전함으로

우리에게 후히 주신
그리스도 안에서 받은 향기
세상을 향한 냄새가 아닌
곧 천국을 향한 냄새인지라.   (고린도후서 2장 14절-17절 말씀)

하나님의 마음

너희 안에 이 마음
예수 그리스도의 마음
하나님의 본체되시는 그 마음
곧 하나님의 마음이라

그가 자기를 비워
낮고 천한 구유에 태어나
종의 형체로 우리에게 오심은

모든 사람이 죄를 범하였으매
하나님의 영광에 이르지 못하므로
십자가에 죽기까지 복종하심으로
구원에 이루는 죄의 대속물이 되었음이라

그러므로 이 마음을 품으라
하나님의 본체되시는 그 마음
곧 하나님의 마음 예수 그리스도의 마음이라.

(빌립보서 2장 5절 말씀)

223

범죄하지 못하는 것은

육신을 입은 우리가
죄에 늘 가까움은
악한 세상을 힘입어 살아감이라

하나님의 씨가
우리 마음속에 거하고
하나님께로서 난 자마다
범죄하지 못하는 것은
하나님께로서 태어났음이라

죄를 짓는 자는
마귀에게 속하였으며
죄는 범죄요 불법이니라

하나님의 자녀들과
마귀에 속한 자녀들이 구별되며

형제를 미워하는 자마다
살인하는 자이나
우리 마음속에
죄를 범치 못하는 것은

형제를 사랑함으로
사망에서 생명으로 옮겨지기 때문이라

그러므로 의를 행치 아니하고
형제를 사랑치 아니하는 자는
하나님께 속하지 아니하였느니라.

(요한일서 3장 9-10절 말씀)

가장 고상함

이 세상 무엇을 가리켜
고상하다 하리이까?

의복을 입고 고상하다 하리이까?
그림을 감상하고 고상하다 하리이까?
죄악된 세상을 가리켜 고상하다 하리이까?
오랜 전 이미 있었던 일들을 가리켜 고상하다 하리이까?

헛되고 헛된 세상에 오직 한 가지 고상한 것이 있으니
곧 그리스도를 아는 지식이 가장 고상함이요
믿음으로 하나님께서 난 의라

그러므로 모두 얻었다 함도 아니요
온전히 성취했다는 것도 아니며
오직 예수 안에서 잡힌 바되어
그것을 잡으려고 좇아가는 고상함이라.

(빌립보서 3장 8, 9, 12절 말씀)

기쁨으로 그 단을

이스라엘의 해방
바벨론에서 고국으로 돌아오는 기쁨
오직 살아계신 하나님의 섭리는
광야에 비를 내리시고
옥토를 만들어 백성을 먹이시는 하나님 사랑

그 사랑
눈물을 흘리며 씨를 뿌리고
울며 씨를 뿌렸더니
기쁨으로 단을 우리에게 주시는 하나님

이국땅 하늘 아래
눈물의 기도가 응답되기를 소망하니
이것이 정녕 꿈꾸는 것 같도다
진정 그리하도다.

(시편 126편 5-6절 말씀)

사람 속에 있는 영

성도는 성령을 통하여
하나님의 진리를 깨닫고

세상적인 지식과
인간적인 노력은

다만
이 세상을 살아갈 때에만 유익한지라

그러므로 사람의 사정을
사람 속에 거하시는 하나님의 성령 외에는 누가 알리요
하나님의 영 외에는 아무도 알지 못하느니라.

(고린도전서 2장 11절 말씀)

그리스도의 부활

정하신 사람 예수 그리스도
천하를 공의로 심판할 날을 작정하시고
죽은 자 가운데서 다시 살리신 것으로
모든 사람에게 믿을 만한 증거를 주심이라

그러므로 우리가 기다리는 부활은
하나님께 향한 소망을 가졌으니
의인과 악인들의 부활이 있음을 믿는 것이라

그리스도의 부활
오늘 부활절 날에 부활의 참례를 기다리면서
마음으로 기도드린다.

(사도행전 24장 15절 말씀)

벌거벗고 나왔은즉

벌거벗은 몸뚱이 세상 밖에 나와서
사람 소리를 내는 것은 갓난아이 울음이다

울면서 시작되는 그 삶이
험한 세월 지치도록 수고하고
얻은 소득을 버리고 가는 인생살이

사람들아,
빈손으로 돌아가는 죽음 앞에
이처럼 하루살이가 고달픈 운명인가?

떠도는 구름처럼
떠도는 바람처럼
이국땅 이민생활
마음 둘 곳 하나 없이
고달픈 하루살이
오늘도 또 하루가 지난다

바람도 잠자고
구름도 잠자고
내 인생도 잠재울 그날을 기다리면서.

(전도서 5장 15-16절 말씀)

찬양함이 선함이여

하나님을 찬양하기에 합당한 사람들
그가 세상을 만드시고
우리로 하여금 세상에 살게 하셨으니
곧 예수 그리스도의 십자가의 구원함을 위함이라

그러므로 우리 하나님께
찬양함이 선함이여
찬송함이 아름답고 마땅하도다

우리가 한 마음으로 힘써 모이고
거룩한 성전에 들어가 찬양함은
세상의 일로 낙심한 성도를 위함이라

상심한 자가 고침을 받고
하나님의 사랑으로 권면함은
오늘도 살아가는 성도들에게
큰 위로가 됨이라.

(시편 147편 1-3절 말씀)

주는 것이 받는 것보다 복이 있다

뜻을 합하여 한 마음으로
서로 사랑을 나누며
다툼이나 허영으로 하지 말고
겸손하여 순종함으로
예수 그리스도의 마음을 품으라

예수께서 친히 우리에게
범사에 모본을 보이셨으니
수고하여 약한 사람을 돕고
주 예수의 친히 말씀하신 바
주는 것이 받는 것보다
복이 있음을 기억할지라

그러므로 주라
그리하면 흔들어 넘치도록 받으리라.

(사도행전 20장 35절 말씀)

눈물로 훈계

유대인 회당
두란노 서원
에베소에서

밤낮 쉬지 않고
눈물로 훈계하고
기도하던 바울의 사역

깨어 있어
밖에서는 이리 떼
안에서는 거짓교사들의 위협으로부터
지키고자했던 바울의 훈계

눈물을 흘리며 씨를 뿌리는 자는
기쁨으로 거두어들이는 열매요

울며 씨를 뿌리러 나가는 자는
정녕 기쁨으로 그 단을 가지고 돌아올 것이라.

(사도행전 20장 31절 말씀)

주께서 나를 권유하사

여호와여,
주께서 나를 권유하시므로
내가 그 권유를 받았사오니
주께서 나보다 강하사 이기셨으므로
오늘날 내가 조롱거리가 되어
사람마다 나를 종일토록 조롱하나이다

내가 다시는 여호와를 선포하지 아니하며
그 이름으로 말하지 아니하리라 하면
나의 중심이 불붙는 것 같아서 골수에 사무치니
마음이 답답하여 견딜 수 없나이다

무리의 비방과 사방으로 갇혀 있어
나의 친한 벗도 내가 타락하기를 기다리며
피차 이르기를 그가 혹시 유혹을 받으리니
우리가 그를 이기어 우리 원수를 갚자 하나이다

그러하오나 여호와는 두려운 용사 같으시며
나와 함께 하시는 고로
나를 박해하는 자가 넘어지고
이기지 못할 것이오며
그들은 지혜롭게 행치 못함으로
큰 수욕을 당하오리니
그 수욕은 영영히 잊지 못할 것이니이다

그러므로 오늘 어찌하여 내가 태에서 나와서
지독한 고생과 슬픔으로 날마다 침상에서
수욕으로 보내는고 하나이다

여호와여, 돌보소서!
이 밤에도 살아있어 주님을 찬양하나이다.

(예레미야 20장 1-11절 말씀)

내가 노래로

잔잔한 바닷바람
얼굴에 비켜가고
파도는 사르르 왔다가
하얀 거품 속으로 가버린 뒤

남겨둔 자국
제 살을 깎아 아픔을 견디며
긴 세월 이겨낸 밋밋한 자갈돌
내 인생 닮아 이리도 부서졌는가?

잠자지 않는 바다
저리도 출렁이니
하얀 거품으로 열을 토해내고
지친 듯 사르르 가버린다

이국땅 홀로 앉아 생각하니
30년이 엊그제 같은데
파도 소리만 내 귀에 가득 차누나

"내가 걷는 이 길에서
하늘을 우러러 노래로 하나님의 이름을 찬송하며
감사함으로 하나님을 광대하시다 할 것이요.

사람을 위하여 자연을 지으시고

바다에 고기를 두고 우리를 먹이시는
하나님의 은혜를 더욱 찬양할 것이라."

(시편 69편 30절 말씀)

달려갈 길

복음 전달자
하나님의 은혜로 받은 사명
매일 쉬지 않고 달리는 것이다

복음 전도의 사명을 위해
생명이 아까운 것도 없고
이 세상 아쉬운 것도 없이

살든지 죽든지
사명이 끝나는 그날
하나님 나라에 입성하는 그날

사람의 피에 대하여
내가 깨끗함을 입었으니
하나님의 뜻을 전하였음이라.

(사도행전 20장 24-27절 말씀)

이국땅 하늘 잔치

달빛이 등불이요
구름은 이불로 덮노라

풀벌레 소리 합창하는
자연노래 들리고

하늘에서 별들이 춤추는
이국땅 하늘 잔치로다.

(시편 121편 6-7절 말씀)

침묵치 마소서

침대에서 부엉이 되어
총을 겨냥하니
마음으로 한목숨 죽었나이다

아침이 되어
다시 되살아났으니
이 하루가 천년 같은데
어찌하나이까

원수가 내 앞에서 날마다
나를 죽이려 하여
차라리 내가 죽겠다고 나섰으나
죽는 것이 사는 것보다
어려운 것을 배웠나이다

하나님이여, 침묵치 마소서!
하나님이여, 잠잠치 마소서!
악행을 행하는 그들로부터 지켜주소서!

(시편 83편 1-2절 말씀)

독사의 새끼들아

독사의 새끼들
이 세상에 참으로 많다

어떻게 지옥의 판결을
그들이 면할 수가 있을까?

회칠한 무덤으로
겉으로는 아름답고
그 안에는 죽은 사람의 뼈가 가득하도다

독사의 새끼들
회개하고 구원의 방주에 들어가
지옥의 판결을 피하도록 기도하노라!

(마태복음 23장 33절 말씀)

행위의 헤아림

이 한 세상 살면서
깨끗하고 정직하게 살았다 한들
여호와 보시기에는 모두 죄인인지라

태어날 때부터 죄인된 인간
예수 그리스도가 우리를 구하러
오시지 않았던가

그러므로 사람의 행위가
자기 보기에는 모두 정직하여도
여호와는 심령을 감찰하시나이다.

(잠언 21장 2절 말씀)

객이 된 나

오래전
내가 주를 위하여
훼방을 받았으나

세월 흘러 이제는
그들이 주를 위하여
날마다 찬양하나이다

오래전
내 얼굴에 미워하는
수치가 덮였으나

세월 흘러 이제는
주름 가득 내 얼굴에
빛나는 광명이 비치나이다

오래전
내가 내 형제에게는 객이 되고
내 모친에게는 외인이 되었으나

세월 흘러 이제는
하나님의 한 가족으로
날마다 찬양 소리가 들리나이다.

(시편 69편 7-8절 말씀)

악으로 선을 갚으면

어찌 악으로 선을 갚으리까
생명을 해하려고 악의 구덩이를 파고
날마다 가는 길을 앉아 지켜보다가
날쌘 뱀의 혀로 채가버린 남의 인생의 기억들
믿었던 사람 여기하나 더 있구나

악을 머리에 이고 살고
악으로 이불을 덮고 살며
그 집안에 악행이 가득하여
날마다 집밖으로 흘러나오니

그 길을 지나는 사람들이
삿대질 하는구나!
꼴좋다 그럼 그렇지, 그럼 그렇지 라고

날쌘 뱀의 혀
믿었던 사람 여기하나 더 있더라.

(잠언 17장 13절 말씀)

너를 지으시고

무매무지한 너
순종치 아니하고
주를 거역하며
율법을 등뒤에 두고
주께로 돌아오기를 권면하는
선지자들을 죽인 자여

일어나라 잠에서 깨어라
여호와 은혜를 잊은 자여

새날이 오고
여호와의 음성이 들리니

너를 사랑하여
십자가에 못 박혀 죽으시고

부활하신 것을 잊은 자여
일어나라 잠에서 깨어라

무매무지한 너
여호와께 이같이 보답하느냐

그는 너를 얻으신
너의 아버지가 아니시냐
너를 지으시고 세우셨도다.   (신명기 32장 6절 말씀)

245

위선의 경고

눈으로 보고
귀에서 듣고
입에서 말하고
마음에서 생각하고
행동에서 옮기는 외식한 자

그들의 감춰진 것이
드러나지 않을 것이 없고
숨은 것이 알려지지 않을 것이 없다

어두운 데서 말한 모든 것이
광명한 데서 들리고
골방에서 귀에 대고 말한 것이
집 위에서 전파되는 것이다

이 지구 세상에
비밀은 없는 것이고
주무시지도 아니하시는
하나님이 알고 계시니
정직한 믿음의 삶이
최우선이 아니런가.

(누가복음 12장 2-3절 말씀)

여호와의 것

하늘 위에나
땅 위에나
땅 아래에
능히 책을 펴거나
보거나 할 이가 없는
만물의 소유자 여호와

세계가 다 여호와께 속하였고
은도, 금도 여호와 것이로되
사람의 영혼까지도 여호와 것이로다

이 땅에서
우리가 가진 것은
세상 떠날 때까지
하나님께서 잠시
우리에게 빌려 주신 '육신의 삶' 이다.

(시편 24편 1절 말씀)

평안을 너희에게

그가 찔림은
우리의 허물을 인함이요
그가 상함은
우리의 죄악을 인함이라

그가 징계를 받음으로
우리가 평화를 누리고
그가 채찍에 맞음으로
우리가 나음을 입었도다

예수, 예수!
예수님이 우리를 위하여
십자가에 죽으심으로
우리가 이 땅에서 영혼의 평안을 누리노라.

(요한복음 14장 27절 말씀)

사람의 아들이 오시는 날

사람 아들이 오시는 날
예수, 예수님이 다시 오시는 날

고난을 받고 하늘에 오르셨으나
다시 오시는 그날에는

노아 때처럼
사람들이 먹고 마시고 장가들고 시집가더니
홍수가 나서 저희를 다 멸하고

롯의 때처럼
사람들이 먹고 마시고 사고팔고 심고 집을 짓더니
롯이 소돔에 나가던 날에 하늘로서 불과 유황이
비 오듯 하여 저희를 멸하였더니

번개가 하늘 아래 이편에서 번뜻하여
하늘 아래 저편까지 비췸같이
사람 아들이 오시는 날

예수, 예수님이 다시 오시는 날
인자 곧 예수님이 나타나는 그날에도 이러하리라.

(누가복음 17장 24절 말씀)

너와 세운 언약

유다에 대한 심판을 경고하고
선지자들의 위선과 장로들의 우상숭배와
열매 없는 포도나무에 대하여 지적하신다

유다가 신실하지 못하고 언약을 배반하였으나
하나님께서는 영원한 언약을 세우시고
유다를 회복시킨다는 것이다

역시, 사람과 사람과의 약속
약속을 멸시하여 배반하였은 즉
곧 네가 행한 대로 내가 행할 것이나
지난 날의 정직함을 기억하여
영원한 약속을 다시 세우리라.

(에스겔 16장 59-60절 말씀)

슬프고 아프다

눈물의 선지자 예레미야
유다에 대한 하나님의 말씀을 선포하며
유다에 대한 앞날이 절망적임을 선포하지만

그들은 미련하여
악을 행하기에는 지각이 있으나
선을 행하기에는 무지했다.

슬프고 아프다
내 마음 속이 심히 아프고
내 마음이 답답하여 잠잠할 수 없으니

이는 나의 심령에서 나팔 소리와
전쟁의 경보를 들었음이로다.

(예레미야 4장 19-22절 말씀)

땅이여 귀를 기울이라

이사야는
모세의 마지막 노래를 부르는데
배신한 자식의 양심을 울리고 있다

하늘이여 귀를 기울이라
내가 말하리라
땅은 내 입의 말을 들을지어다

나의 교훈은 내리는 비요
나의 말은 맺히는 이슬이요
연한 풀 위에 가는 비요
채소 위에 단비로다

하늘이여 들으라
땅이여 귀를 기울이라
여호와께서 말씀하시기를
내가 자식을 양육하였거늘
그들이 나를 거역하였도다

소는 그 임자를 알고
나귀는 주인의 구유를 알건마는
이스라엘은 알지 못하고
나의 백성은 깨닫지 못하는도다.

(이사야 1장 2-3절 말씀)

하나님의 힘

하나님의 천명
인간 어느 누가
손바닥으로 바닷물을 헤아리며
뼘으로 하늘을 재어볼거나?

땅의 티끌을 주어모아
되에 담아 보았으며
산들을 저울로 달아보랴

이 땅의 인간은
상상도 할 수 없는 일
오직 하나님만 할 수 있다는 것

그 능력을 믿고
구원의 하나님을 믿으며
천국이 있음을 확신하는 믿음
그 믿음을 주신 하나님께 감사하며
찬양과 영광을 올려 드립니다.

(이사야 40장 12절 말씀)

네 발을 금하여

복 있는 사람은
악인의 꾀를 좇지 아니하며
죄인의 길에 서지 아니하며
오만한 자의 자리에 앉지 아니하고
오직 여호와의 율법을 즐거워하여
그 율법을 주야로 묵상하는 자로다

그러기에 나는 복 있는 자로다
여호와의 말씀을 묵상하며
날마다 마음과 행실에서 나타나는
사람의 본질 악함을 기도로 씻어내고
하루를 새롭게 살아가는 이 시간
여호와께 드리는 나의 산 제사이다

새로운 아침을 맞이하고
건강하게 살아있으니
하나님 은혜 감사하고
이제 얼마 남지 않은 나의 삶을
오직 하나님과 함께 함으로 나는 만족하도다.

(잠언 1장 15절 말씀)

나의 기도

한나가 기도하여 가로되
내 마음이 여호와를 인하여 즐거워하며
내 뿔이 여호와를 인하여 높아졌으며
내 입이 내 원수들을 향하여
크게 열렸으니
이는 내가 주의 구원을 인하여
기뻐함이니이다

오늘 내가 하나님께 기도하기는
날마다 여호와로 인하여
내 마음이 기뻐하며
내 마음이 찬양하며
내 영혼이 구원에 이르니
내 뿔이 여호와를 인하여 높아졌나이다

내 입술이 내 원수들을 향하여
크게 열렸으니
이것은 내가 주의 구원을 인하여
천국이 있음을 기뻐함이니이다.

(사무엘상 2장 1절 말씀)

위로부터 난 지혜

하나님께로부터 받은 지혜는
성결하고, 화평하고
관용하고, 양순하며

긍휼과 선한 열매가 가득하여
편벽과 거짓이 없는
화평케 하는 자들이다

인생을
화평으로 심었기에
열매는 화평이라는 것

신앙 안에서 화평!
우리는 이 말씀에 순종하며 행하고 있는가?

(야고보서 3장 17-18절 말씀)

우리의 허물

예수!
그가 십자가에 달려 찔림은
우리의 허물을 대신함이요

예수
그가 상처를 입은 것은
우리의 죄악을 대신함이라

예수
그가 우리를 대신하여
징계를 받음으로
우리가 평화를 가졌노라

예수
그가 채찍에 맞음으로
우리가 나음을 입었도다.

(이사야 53장 5절 말씀)

내가 전에는

내가 전에는
예수를 알지 못하고
행한 모든 일들을

지금에 와서는
예수를 알고
그 모든 일을 회개하였나이다

그러므로 이제는
그리스도 무조건적인 은혜로
건강하게 살고 있음을 감사하나이다

바울의 고백과 회개의 진실함같이
하나님의 긍휼을 입어
내가 믿지 아니할 때에
알지 못하고 행하였던 모든 죄

이제 깨끗이 사함을 받고
하늘나라 영광을 바라보고
살게 하심을 감사하나이다

앞으로 남은 작은 소망을
하나님께 남기고
하루, 하루를 열심히 살아가고 있사오니

마음과 육신을 건강하게 하시고
항상 주님과 동행하게 하시옵소서.

(디모데전서 1장 13절 말씀)

말하는 혀의 불

혀는 곧 불이요
불의 세계라

온 몸을 더럽히고
생의 바퀴를 불사른다

그런데 그 불사르는 것이
지옥불이라는 것이다

우리가 다 실수가 많다
만일 말에 실수가 없는 자면
곧 온전한 사람이라

몸의 지체 중에
작은 입안의 혀가
우리 몸에 굴레를 씌운다

사랑을 말하고
악을 말하는 혀
오늘 그 입안의 작은 혀로

하나님의 지도자는
하나님의 선을 말하고
사랑을 말하고 희망을 말하며

위로와 권면을 말하므로

아픈 상처를 감싸고
내일을 위하여 살아가는
연약한 성도를 도우는 것이 마땅하거늘

오늘 그 혀로
대화하는 상대방에게
상처를 주지 아니했는지?

불의 혀
사랑의 혀
지옥의 혀

입안의 작은 혀를 가지고
이 세상을 어떻게 살아가기를 원하는가?

(야고보서 3장 2절 말씀)

바람의 길

해 아래
세상에 속한 허무의 연속에서
하나님 말씀대로 살고자 무던히 노력한다

때로는 세상이 힘들게 하고
지쳐버린 몸뚱이로 몇 글자 쓰기 위하여
생각하고 생각하니

지구 몇 바퀴 돌아 지쳐버린 나
제 자리에 서 있는 내 모습을 발견하고
혼자 말하기를

할 수 있는 대로 선과 구제의 일을 하며
하나님께 기도하고 지혜를 구하며
범사에 여호와의 주권을 맡기고 최선을 다하여
사는 날 동안 그 삶을 허락하신 하나님께 감사드리자

심판이 있다는 것과 천국의 비밀을 알고
참 자유 주신 하나님과 동행하여
성령이 내 안에 거하고 사랑으로 거듭나
마땅히 성도로서 행하여야 할 일들을 하는 것이다

바람의 길이 어디이며
아이 밴 자의 태에서 뼈가 어떻게 자라는 것과

만사를 성취하시는 하나님의 일을
내가 비록 알지 못할지라도

언제나 우리와 함께
동행하신다는 하나님을 믿으며
감사 기도드린다.

(전도서 11장 5절 말씀)

풍성한 대로

하나님의 자녀들
이 땅에서 성공한다는 생각을 가지나
불신자보다 더 실패가 많다

성도가 성공할 수 있는 비결
오직 한 가지 방법은
불신자가 가지 못하는 천국이다

바울은 빌립보 성도들에게
영광스러운 물질에 대하여 말하고 있다

하나님께서 채워 주실 것을 확신하며
예수 안에서 영광 가운데 그 풍성한 대로
모든 쓸 것을 채워주시리라고 한다

하나님께로부터 받은 물질
적지도 많지도 않은 물질
감사함으로 살아가는 우리가 아닌가?

(빌립보서 4장 19절 말씀)

죄를 범치 아니하려

하루가 지나가는 동안
성경 말씀대로 살려고
오늘도 묵상하나이다

마음에서 요동하고
기억에서 잊히지 않는 일들을
말씀으로 깨끗하게 씻어 봅니다

실수와 실패를 거듭하면서
성장해온 일들에 대하여
조용히 생각해 보니

지금까지 건강하게 살아있음은
하나님의 은혜요
기적이라고 생각이 듭니다

얼마 남지 않은 세월
이 땅에서 열심히 성실하게 살아갈 것을
오늘도 하나님께 기도드립니다

그리하여 내가
주께 죄를 범치 아니하려 하여
주의 말씀을 내 마음에 두었습니다.

(시편 119편 11절 말씀)

강하고 담대하며

세상에서 환난을 당하나
믿음으로 말미암아 담대히 나아가서

소망 중에 인내하고
여호와를 신뢰하는 믿음으로 살지어다

환난과 고통 중에도
반드시 승리를 가져다주는
여호와를 바라며

신앙의 정진을 위하여
강하고 담대할 지어다
강하고 담대하여 여호와를 바랄지어다.

(시편 27편 14절 말씀)

여호와를 경외하는 자

하나님을 경외하는 자는
그 수고한 대로 열매를 맺어
풍요롭게 될 것이라

수고하는 손으로
하나님께 영광 돌릴 것이요

열매를 맺어 거두는 대로
얻은 곡식을 먹을 것이며

그러므로
네가 복되고 형통하리라.

(시편 128편 1절-2절 말씀)

짐을 서로 지라

이 한 세상 살아가려면
누구나 한번쯤 죄를 범하는 인간

만일 죄를 범한 일이 드러나거든
믿음을 가지고 살아가는 성도가
온유한 마음으로 그를 바로잡고

네 자신 스스로 돌아보아
시험을 받을까 조심하라

인간이 하나님께 대한 충성
하나님의 선한 목적을 이루는 시험
서로 짐을 나누어지고
그리스도의 법을 성취하라

만일 누가
아무것도 되지 못하고
된 줄로 생각하면
스스로 속이는 자이고

자기의 일을 살피면
자랑할 것이 자기에게만 있고
남에게는 있지 아니할 것이며

그러므로
자기의 영적 짐을 질 것이라.

(갈라디아서 6장 1-5절 말씀)

그대로 볼 것을

하나님의 자녀라
일컬음을 얻게 하셨으나

세상이 우리를 알지 못함은
그를 알지 못함이라

우리가 지금은 하나님의 자녀라
장래에 어떻게 될 것은
아직 나타나지 아니하였으나

그가 나타나심이 되면
우리가 그와 같을 줄을 아는 것은
그의 계신 그대로 볼 것을 인함이라

즐거워하고 기뻐하라
세상이 아무리 나를 속일지라도
주를 향하여 소망을 가졌느니라.

(요한일서 3장 2절 말씀)

푯대를 향하여

원수를 사랑하며
핍박하는 자를 용서하고
원수 갚는 일은 하나님께 맡기며
이전 일을 기억하지 말 것은

오직 한 일
뒤에 있는 것은 잊어버리고
앞에 있는 것을 잡으려고
푯대를 향하여 그리스도 예수 안에서
하나님이 위에서 부르신
부름의 상을 위하여 좇아가노라

오늘도, 내일도 변함없이.

(빌립보서 3장 13-14절 말씀)

확실한 것

바람을 붙잡지 못하고
햇볕을 붙잡지 못하며
달빛을 붙잡지 못하고
사람 마음을 붙잡지 못하되

오직 하나님의 말씀을 붙잡고 살면
그리스도와 함께 참예한 자가 되리라.

(히브리서 3장 14절 말씀)

주의 얼굴을 보리니

하나님을 믿는 신앙
바로 그 믿음은
우리가 하나님을 알기 위함이요

현재의 고난과 핍박은
천국을 향하여 달려가는
밑거름이 되는 것이기에

나는 의로운 중에
주의 얼굴을 보리니
내가 다시 깰 때에
주의 형상으로 만족하리라.

(시편 17편 15절 말씀)

화로다 나여 망하게 되었도다

이사야가 기도하던 중
성전에 계신 하나님을 뵈었고

백성 중에 거하는 부정한 입술과
죄 중에 처해있는 자신을 발견하였다

화로다 나여, 망하게 되었도다
나는 입술이 부정한 사람이요
입술이 부정한 백성 중에 거하면서
만군의 여호와이신 왕을 뵈었음이로다

오늘
부정한 입술로
정직을 거짓이라 말하는 사람들이 있으니
그대여, 화로다. 망하게 되었도다.

(이사야 6장 5절 말씀)

마음과 생각을 지키심

인간의 감정을 살피시고
의지와 지각을 지키시는 하나님이
내 마음으로부터 시작되는 생각을
사고와 의지를 따라 행하는
나의 모든 행동을 아시므로

오늘
아무 것도 염려하지 않고
오직 모든 일에 기도와 간구로
하나님께 구하는 것은
감사함으로 기도하노라

그리하여
모든 지각에 뛰어난 하나님이
평강의 예수 안에서
나의 마음과 생각을 지키시리라.

(빌립보서 42장 6-7절 말씀)

귀천 빈부

그렇다
하나님의 말씀인 즉
귀천 빈부를 물론하고 다 들을지어다

모든 성경은
하나님의 감동으로 된 것으로

귀천 빈부를 물론하고
교훈과 책망과 바르게 함과
의로 교육하기에 유익하니

하나님의 자녀로
선한 일과 온전케 하시기 위하여서이다

그러므로
내 입은 지혜를 말하겠고
내 마음은 하나님의 말씀
곧 명철을 묵상하리로다.

(시편 49편 1-2절 말씀)

네가 복을 받고

어떠한 환경에서도
하나님이 나를 지키시고
보호하시는 것을
나는 믿는다

그리하여
하나님의 말씀으로
날마다 내가 살아가는 것은
하나님으로부터 축복을 받기 위함이다

대적들이 나를 치려하여도
하나님이 보호하시고
피할 길을 주시기에
나는 그 하나님을 믿고 산다.

(신명기 28장 6절 말씀)

악한 철부지

아하스 왕
어린 나이에 왕이 되었으나
정직하지 못한 자이다

사람은 나이가 젊어도
나이가 많아도 철부지와 같은 이가 있다

선한 철부지는 아름다우나
악한 철부지는 사회에 문제이다

사람들 중에
정직하지 못한 자들이 너무 많아
오히려 정직을 외치는 자들을
바보로 만들고 있는 세상이다

하나님께서 주신
뛰어난 능력을 가지고
약한 자들을 약탈하는 자

이스라엘 왕 아하스가
유다에서 망령되이 행하여
하나님께 크게 죄를 범하였으므로

그의 결과는

왕 혼자만이 아니라
온 유다를 낮추셨다는 오늘의 말씀

자기 죄로 인하여
죄 없는 자까지
참혹하게 만들지 않기를 기도드린다.

(역대하 28장 9절 말씀)

네 마음을 지키라

나는
하루에도 몇 번씩
마음을 지키기 위하여
생각하고 또 생각한다

그리고
다짐을 하고 약속도 하지만
곧 무너지고 만다

그러나
하나님의 말씀은
변하지도 않아

마음도 약속도
그대로, 그대로이다

그분은
변하지 않으시고 영원하시며
사랑의 하나님
구원의 하나님이시기에

나는
날마다 하나님과 함께 동행하며
하나님의 도우심으로 힘을 얻고

하루에도 몇 번씩 변하는 마음
내 마음을 잘 지켜가면서 살아가고 있다.

(잠언 4장 23절 말씀)

사랑의 실천

주린 자를 먹이고
나그네를 영접하며
벗은 자를 입히고
병든 자를 돌보며
옥에 갇혔을 때 방문하는 것은
이스라엘 사회의 의무이었다

인내와 사랑으로 서로를 돌보았던
이스라엘 백성들의 삶의 풍습

이제는 멀리서 듣는
옛 사람들의 흔적으로
남겨두어야 한다는 것이
마냥 아쉽기만 하다

오래전
내 고향집에서도 이러했었다

주릴 때에 먹을 것을 주었고
목마를 때에 마시게 하였고
나그네 되었을 때에 영접하였고
벗었을 때에 옷을 입혔고
병들었을 때에 돌아보았고
옥에 갇혔을 때에 방문했었다

세월이 지나고 마음도 변하여
지금은? 지금은 어떠한가?

(마태복음 25장 35-36절 말씀)

너를 인하여 기쁨

오네시모
빌레몬의 종
물건을 훔쳐 달아난 자이다

로마 감옥에 있을 때
바울을 만나 회심하게 되었던
오네시모에 대한 바울의 사랑이야기

바울이 부탁하기는
오네시모를 종에서 풀어나
곧 사랑 받는 형제로 둘 자며
저를 영접하기를 내게 하듯 하고
저가 만일 네게 불의를 하였거나
네게 진 것이 있거든 이것을 내게 회계하라고 한다

오네시모는 빌레몬의 종
주인의 물건을 훔쳐 달아난 도둑이다
곧 주인을 배반한 자이다

그가 로마 감옥에서 바울을 만나
회심하여 하나님을 알고
열심히 바울의 심복이 되어
바울을 돕는 자가 되었다
그리스도 안에서 새 사람이 된 것이다

요즘 우리는 어떠한가?
만약 우리가 오네시모의 입장이라면
우리는 어떠했었는가?

성경 기록만으로는
현재를 살아가는 우리에게
이해하기가 어려운 부분들이 많이 있다

그러나 사람의 마음은 같은 것이고
상황에 따라 다르게 나타나고
행동에 따라 우리는 판단하게 된다

오늘 도둑을 말하는 것이 아니라
오네시모의 아픈 심정을 이해하려고 한다

회심한 오네시모
주인을 배반한 도둑이
회개하여 하나님의 사람으로 변하여
바울에게 충성한다는 것이다

오네시모가 겪고 있는
종살이가 얼마나 힘이 들었으면
주인을 배반하고 도망을 할까?

이 부분의 이야기에서 사람의 마음은 같다

우리가 이런 일을 당했다고 생각해 보라
우리는 과연 어떻게 할 것인가?

남을 판단하기보다
자신이 먼저 그 입장을 생각해 본다면
용서하고 이해하는데 도움이 되지 않을까 생각해 본다

그러므로 우리가
종의 심정을 알고 있는가?
가난한 자의 심정을 이해할 수 있는가?
오네시모가 주인을 배반하도록 했던 그 상처를 생각해 보았는가?

사도 바울은
오네시모의 심정을 알고 있다
그래서 말하기를

오 형제여!
나로 주 안에서
너를 인하여 기쁨을 얻게 하고
내 마음이 그리스도 안에서 평안하게 하라고 말하고 있다

오늘 잠시나마
사도 바울의 마음을 가져본다.

(빌레몬서 1장 20절 말씀)

여호와를 경외하는 자

모든 세상 지식보다
위대한 지식은
여호와의 말씀이다

사람의 참된 지혜는
하나님과의 관계에서
시작이 된다

그러므로
여호와를 경외하는 것이
지식의 근본이다

지혜로운 자는
여호와의 말씀을 즐거워하되
미련한 자는
지혜와 훈계를 멸시하는 자라.

(잠언 1장 7절 말씀)

악의 지각과 선의 무지함

슬프고 아프다
내 마음 속이 아프고
내 마음이 답답하여
잠잠할 수 없으니

그렇다!
예레미야의 고통의 절규이다

악행을 행하기에는 지각이 있으나
선을 행하기에는 무지하도다

사람들!
사특한 혀로 거짓을 고하는 자들
하나님이 친히 간섭하시기를 기도드린다.

(예레미야 4장 22절 말씀)

성경의 안위와 소망

모든 성경은
하나님의 감동으로 된 것으로
우리의 교훈을 위하여 기록된 것이다

우리의 소망은
말씀을 상고함으로 얻는
위로를 통하여

삶의 모든 고난을 견디면서
묵묵히 전진하는 것이다

우리로 하여금
믿음과 구원의 확신으로
성경의 안위로 소망을 가지게 하는 것이다

인내와 안위의 하나님이
우리로 하여금 그리스도 예수를 본받아
서로 뜻이 같게 하여 주신
그리스도 안에서 한 지체이기 때문이다.

(로마서 15장 4-5절 말씀)

자기 허물의 기도

인간은 자기 스스로
허물을 깨달고
회개하는 능력이 부족함으로

하나님을 의지하여 회개하며
영안을 통해 자신에게
숨어있는 허물을 깨달고
회개할 수 있게 하소서

스스로 알지 못하는 가운데
죄를 지은 것은
타락한 인간의 본성이오니
이 허물에서 벗어나게 하소서.

(시편 19편 12절 말씀)

믿음

데살로니가 사람
바울의 전도 사역을
악한 행동으로 방해함으로

그리스도의 복음이
방해되지 않기를 위한 바울의 기도는
악한 사람들에게서 건지옵소서!

믿음을 소요하지 못한 이방인
그러므로 믿음은
모든 사람의 것이 아니라고.

(데살로니가후서 3장 2절 말씀)

나를 핍박하느냐

핍박, 핍박이라니
핍박을 받은 경험이 있다

핍박이 너무나 힘들었던
사춘기 어린 나이였다

이제는
색다른 핍박에 시달린다

사랑하는 사람에게서 당하는
색다른 핍박이다

핍박은 연단을 기르지만
이제는 아무런 핍박도 연단도
받을 힘이 없다

오늘도
그런 핍박에 시달려
내가 곤고한 자 되었으나

억지로 곤고함을 피하여
하나님 안에서 생활하고자
몇 자 글을 남긴다

사도 바울이 예전에 그랬지만
예수님을 만나고 돌아선 이후에는
하나님의 진정한 사람이 되지 않았는가?

나 역시 그 시간을 조용히 기다려본다
나를 핍박하는 자에게서부터.

(사도행전 9장 4-5절 말씀)

내 눈을 열어 주소서

눈은 보는 일을 하며
보면 생각하게 하고
생각은 우리를 행동으로 옮기게 한다

어떤 눈으로 보는가에 따라
생각과 행동이 결정되며

성경적 영안을 가지고
사물을 관찰하고 행동하여
하나님께 영광을 돌리는 삶을 살아가야 한다

말씀과 영적으로
곧 복음의 눈으로
우리는 세상을 살아나가야 한다는 것이다

그러므로
언약의 눈으로
구원을 계획하고

성경을 보는 눈으로
무오한 하나님의 말씀을 익히며

불신자 보는 눈으로
그들을 이해하는 복음의 눈이 되며

세상을 보는 눈으로
복음을 심고

일꾼을 보는 눈으로
성령님의 도우심을 간구하며

열린 문 보는 눈으로
하나님의 계획을 생각하며

사단을 보는 눈으로
영적 전쟁에서 승리하며

자신을 보는 눈으로
그리스도의 능력을 힘입고

천국을 보는 눈으로
영원한 상급을 기다리며

하나님만 보는 눈으로
그의 나라와 그의 의를 구하는 것이다

그러므로
내 눈을 열어서 하나님의 나라
주의 법의 기이한 것을 보게 하소서.

(시편 119편 18절 말씀)

주목하여 훈계하리로다

마음에 간사가 없고
여호와께 정죄를 당치 않는 자는 복이 있고

죄악을 숨기지 아니하는 자는
주께서 죄를 사하여 주시며

경건한 자는
주를 만날 기회이며

환난에서 보호하시어
내 가는 길을 가르쳐 보이시고
나를 주목하여 훈계하리로다.

(시편 32편 8절 말씀)

일곱 가지 죄

교만한 눈
거짓된 혀
피를 흘리는 손
악한 꾀
악의 발
거짓되고 망령된 증언
형제를 이간하는 자이다

이런 일로 인하여
얼마나 많은 사람들이
피해를 보고 있는가?

(잠언 6장 16-19절 말씀)

기도가 막히지 아니하게

창조 원리의 한 구성원 부부
에덴동산의 아담과 하와가 있었다

함께 가정을 이루고
두 아들 가인과 아벨을 낳았다

가인이 아벨을 죽이는
인간 첫 살인자가 되었다

첫 가정 구성원 속에서부터
살인이 시작된 것이다

남편과 아내
사랑으로 시작되어
때로는 원수로 헤어진다

예수님 안에서의 부부
예수님을 닮아가는 부부가 아닐까?

세상이 아무리 힘들게 하여도
예수님을 사랑하는 자들이 지켜야하는 꼭 한 가지
그것은 예수님을 따르는 믿음과 자신의 신념이다

오늘도 이 말씀에서 찾아보는 하나님의 마음

과연 하나님은 무어라고 말씀하실까?

(베드로전서 3장 7절 말씀)

버리운 자

거짓 사도들의 가르침에 미혹된 자
복음의 진리로부터 떠난 자들이
올바른 신앙을 지키고 있는가

자신을 성찰하고
그리스도와 더불어
신령한 교제를 나누고 있는가

그리하여
자신이 그리스도인인가 스스로 살피고
자신이 그리스도인인가 스스로 시험하라고 한다.

(고린도후서 13장 5절 말씀)

지혜 없는 자

솔로몬의 잠언이라
슬기로운 삶을 살아가는 능력
지혜의 말씀이다

보라
지혜 없는 자의 행실
사특하고 혀가 패역한 자
다툼을 좋아하고 자기 문을 높이는 자
바로 재앙에 빠지느니라.

(잠언 17장 18절 말씀)

독사의 자식들아

선한 사람은 선한 말을 하여
죄에 씨앗이 가까이 하지 못하도록
매일 믿음과 기도로서 자신을 지키는 자

독사의 자식들은 악하여
선한 자를 누르고 집어 삼키는 일을 하며
결국 마음에 가득한 악함을 토해 냄이라

올바른 증언 앞에 입을 다물고
해를 끼치지 않으나 간접적인 악인
무익한 말을 하는 자도 악한 자

이에 대하여 심판 날에
심문을 받을 것이로되
네 말로 의롭다 함을 받고
또는 정죄함을 받을 것이라.

(마태복음 12장 34-37절 말씀)

찬양함이 선함이여

하나님을 찬양하는 것은
역사의 주인이 되시고
인간을 구원하셨기 때문인지라

하나님께 찬양하는 것은
사람을 지으신 하나님께
영광 올려드리기 위하여
우리가 찬송함이 아름답고 마땅하도다.

(시편 147편 1절 말씀)

하나님을 위하여 지으심

창조주 하나님
인간을 만드신 하나님
영광을 받으시기에 합당하신 하나님

영광과 찬송을 올려드리고
하나님께 기도하고 전적으로 맡기는 나의 삶
이 땅에 최고의 삶이 아니련가.

(이사야 43장 21절 말씀)

찬송이 내 입에 가득하여

하루가 시작되는 시간에 주님을 만나고
종일토록 주님을 생각하고 찬송하는 것은
창조주를 경외하고 영광 돌리는 것은
사람으로 태어나 첫 번째 임무이다

하여, 나는 주님께 찬송함이 내 입에 가득하여
세상에 악한 것이 내 입에 가까이 하지 않기를
오늘도 기도드리나이다

내 사는 동안 항상 주님께 소망을 품고
찬송하며 주님께 더욱 가까이 나아가기를 원하나이다.

(시편 71편 8절, 14절 말씀)

나는 죽었도다

하나님이여, 오늘 기도하옵기는
하나님의 은혜를 알기 전에는 내가 살았더니
내가 하나님의 은혜를 알고 나서부터는 내가 죽었나이다

내가 사는 것은 온전히 주의 것이요
나로 하나님을 찬양하게 하시는도다
하나님을 알기 전에는 내가 살아서 내 죄가 드러나지 않았으나
내가 하나님을 사랑하니 날마다 세상 죄를 씻으려 주님께 기도드
리나이다

때로는 원수들이 나를 괴롭게 할지라도
사랑하라는 하나님의 말씀을 기억하여 참고 견디나이다
하나님을 사랑하니 내 죄가 밝히 드러나서
죄를 넘어가려고 애를 쓰나 세상은 나를 가만히 두지 않고
나를 괴롭힐 때마다 내 죄가 더욱 악화되나이다

그러나 정결케 하시고
믿음의 삶 가운데 은혜 속에 거하게 하시며
참고 견디어 아름다운 열매를 맺게 하소서

지식은 있으나 깨닫지 못하는
어리석음에서 깨어나게 하시고
진정으로 회심하여 하나님을 만나게 하소서

그리하여 "죄는 살아나고 나는 죽었도다" 라는
사도 바울의 회심을 깨닫게 하소서
곤고한 사람보다는 은혜의 사람으로 살게 하소서.

(로마서 7장 9절 말씀)

저를 죽이시고

사울!
여호와께 몇 가지 불법을 행한 사실은
여호와의 말씀을 지키지 아니한 자라

제사장 사무엘 대신 번제를 드린 사실
아말렉을 치되 그 소유를 남김없이 진멸하라는
명령을 어기고 좋은 가축들을 남겨 놓은 사실
하나님 대신 신접한 여인에게 자문을 구한 사실

오래 참으시는 하나님께서
나라를 이새의 아들 다윗에게 돌리신지라

사울!
하나님의 법을 어기고
인간의 탐욕과 불순종으로 인한 죄에 대한 대가
바로 사울의 죽음이다.

(역대상 10장 13-14절 말씀)

다 벌하고

원수의 행위로 인한 심판을
하나님께서 친히 간섭하시어
행위대로 상응하여 심판을 하시리라

원수의 압제에서 고난을 당하고
맹수들의 공격으로 부상당한 자들에게
흐르는 눈물을 닦아주고 아픔에서 건져주시는
인자하신 하나님의 사랑이시라

그 때에
내가 너를 괴롭게 하는 자를 다 벌하고
저는 자를 구원하며 쫓겨난 자를 모으며
온 세상에서 수욕 받은 자로 칭찬과 명성을 얻게 하리라.

(스바냐 3장 19절 말씀)

하나님께서 주시는 기쁨

인간을 창조하신 하나님
사람에게 땅의 소산을 먹고
땅을 다스리며 정복하라는 명령을 주시고

사람이 먹고 마시며 수고하는 가운데
얻은 소산과 기쁨은
바로 하나님의 손에서 나는 것이로다

그리하여 지혜로운 자나 우매한 자나
피해갈 수 없는 죽음은 같아
육체적 죽음으로 종결을 지을 때

해 아래서 행하는 모든 일이 헛되나
오직 여호와를 경외하고 믿는 자에게 따르는
천국 보상이 주어지는 그날을 기쁨을 위하여서
오늘도 복음 들고 함께 뛰어 가노라.

(전도서 2장 24절 말씀)

그 길을 지키는 자

그 길을 지키는 자
인생길은 매우 험하기만 하다

인간은 오직 하나님의 주관을 따라
그의 법도를 지키고 살아가는 하나님의 법

진리와 공의를 실천하는 삶 가운데
영혼을 주관하시는 하나님의 자비로우심으로
우리의 영혼을 구원받을 수 있다

어떠한 상황에서도 자신을 보전하고 지키는 사람
그 가운데 하나님의 선물이 이루어지는 영혼 구원

악을 떠나는 것은 정직한 사람의 대로니
그 길을 지키는 자는 자기의 영혼을 보전하느니라.

(잠언 16장 17절 말씀)

나의 명령

내가 광야에 길과
사막에 강을 내어

내 백성
내가 택한 자로 마시게 할 것이라 약속하였으나
마땅히 행할 길로 인도하시는 하나님을 거역하였으니

슬프다
네가 나의 명령을 듣지 아니하였도다

만일 들었더라면
네 평강이 유브라데 강과 같았겠고
네 의가 바다 물결 같았을 것이며
네 자손이 아브라함에게 약속하셨던
자손에 대한 언약이 모래 같았을 것이라

허나, 범죄함으로
바벨론 포수의 엄중한 징계를 받고
포로의 고역으로 전락하였도다

만일 들었더라면
네 몸의 소생이 모래 알갱이 같아서
그 이름이 내 앞에서 끊어지지 아니하였겠고
없어지지 아니하였으리라.   (이사야 48장 18-19절 말씀)

미련한 백성

하늘이여 귀를 기울이라
내가 말하리라
땅은 내 입의 말을 들을지어다

이스라엘은 내 아들 내 장자가 되어
존귀케 돌보아주어 큰 백성으로 만들었거늘
그들이 나를 거역하였도다

동물도 주인을 알아보고 순종하거늘
하나님 사랑을 깨닫지 못한 미련한 백성
소나 나귀보다 못한 사람이로다

내가 자식을 양육하였거늘
배신자되고, 거듭 배신자되어
그들이 나를 거역하였도다.

(이사야 1장 2-3절 말씀)

쓴 뿌리

주위를 주의 깊게 살펴보면
쓴 뿌리들이 가득하여 나팔을 불고

독초와 쑥의 뿌리가
저주의 말을 듣고도
심중에 스스로 위로하며 말하기를
평안하다 평안하도다 말하는지라

그러나 너희는 돌아보아
하나님 은혜에 이르지 못하는
자가 있는가 두려워하고

독초의 가시로부터
자신을 괴롭게 하는 더러움에서 벗어나
하나님을 두렵고 떨림으로 구원을 이루는 새 사람

영적으로 깨어있어 하나님의 축복을 기다리는
천국 구원을 기다리는 자
곧 영생을 소유하는 바로 그런 사람

새해, 새 날에
묵었던 쓴 뿌리를 벗어 버리고
우리가 바라는 믿음의 실상이
바로 이러한 믿음이 아니겠는가.　　　(히브리서 12장 15절 말씀)

더 나은 본향

믿음은 바라는 것들의 실상
하나님이 지으신 한 성에 가고자
더 나은 본향을 사모하니
곧 하늘에 있는 것이라

예비된 한 성
하나님의 처소를 향하여
2013년 첫날에
말씀을 묵상하며
첫 하루를 맞이한다

"하나님!
사랑하게 하시고 용서하게 하소서!
지난 어려운 일들을 잊게 하시고 천국 가게 하소서!
지금까지 살아있음을 하나님께 감사드리나이다"

(히브리서 11장 16절 말씀)

오직 예수 사랑만이 나의 기쁨

초판인쇄 2015년 01월 05일 **초판발행** 2015년 01월 10일

지은이 **민미량**
펴낸이 **이혜숙** 펴낸곳 **신세림출판사**
등록일 **1991년 12월 24일 제2-1298호**

100-015 서울특별시 중구 충무로5가 19-9 부성B/D 702호
전화 **02-2264-1972** 팩스 **02-2264-1973**
E-mail : shinselim72@hanmail.net

정가 **15,000원**

ISBN **978-89-5800-150-8, 03810**